目錄

作者序言 004
推薦序言 006

第一章
經歷超過三年的「一人靈探」，有所領悟，倘開心扉，將來還要走更遠的路！

・初衷 014
・海外靈異 Staycation 018
・你所不知的背後 020

第二章
海外 Staycation，獨遊陌生街道，探索靈探酒店之背後！

・澳門手撕雞 024
・九州荒廢溫泉旅館 030
・神戶極度「恐佈」旅館 036
・曼谷靈異鬼壓床 042
・亞洲最驚慄酒店——馬來西亞雲頂 048
・世界最多房間的酒店——再回雲頂 056
・曼谷猛鬼酒店 062
・大阪最出名的都市傳說——308 室 068
・京都人偶旅館 072

第三章
香港區區酒店有鬼古……

・荃灣動物酒店 080
・荃灣最高層酒店 084
・西九靈異奇案 090
・鬼王來料 096
・「它」一直都在 102
・Hello Kitty 藏屍案 108
・殯儀館旁邊的酒店 114
・沙田驚魂 120
・充滿怨念的房間 124
・農曆七月 130
・酒店秘聞 136
・棺材街 144
・輪迴 148
・靈異紅茶 154
・最深刻的一次 160
・汀九旁的酒店 168

後記──新開始 174

作者序言

這一篇序言我想了好幾天都不知道應該怎樣開頭，因為關於為甚麼我想寫這一本書的原因實在太多。長話短說，第一個原因是我認為靈體無處不在。在家中、學校、酒店，甚至你現在的背後也會發現到「它們」。在我開始寫第一本書「AP 一人靈探團」時，我已經在構思這一本「靈異 Staycation」。因為關於酒店的靈異故事可以說是多如繁星，不論是都市傳說還是鬼故，我也不知道是真是假。所以我決定以身犯險入住每一間酒店去看看到底是不是真的跟大家所說一樣，這一本書全是親身經歷！某程度上我覺得很多酒店其實比很多所謂的猛鬼地方更「厲害」，很多不能解釋的事情都是在酒店房間裡發生，可能你看完這一本書後永遠都不想再入住酒店(笑)。

另一個原因是當我出版了我人生的第一本書後，我發現我其實也很喜歡寫作，反正就是分享和創作我也很熱愛。所以我希望我可以不斷出版不同題材的書，不一定是關於靈異，我覺得有趣都可以分享，甚至最近我想寫一些散文！但我其實也不太清楚甚麼是散文，但說出來好像很帥（笑）。

最後一個令我想加快出版這一本書的主要原因，當我還在日本京都的時候，晚飯期間收到了一個電郵，電郵中的內容大概是有一位導演想約我見面，看看有沒有合作的空間。經我在網絡搜尋後發現這一位導演現竟然是一間上市公司的主席，他曾在八十年代時拍了一些非常經典的電影，在電影界是非常厲害的人。而當我們在香港第一次會面時，他有一段說話令我非常深刻。「我想拍一些關於鬼的東西，之後朋友就跟我說去找你的書看。當我去到書店時發現只有一張椅子，如果那個時候有人坐著我便會離開。但並沒有，所以我便拿起你的書開始看起來。一看便是一個小時多，連午餐也沒有吃就直接把書看完，然後我把封面拍下來叫人去找你。」

一位上市公司主席、著名導演竟然為了看我的書連午飯都不吃？我真的感到受寵若驚，從那刻開始我才了解到原來我創作的書籍對我的人生是有這麼大的影響，永遠都不知道有甚麼厲害的人會看。但不論以後的人生怎樣，我仍然會保持初心去把我真真實實的人生分享給大家，希望可以令到大家每次去酒店時也可以想起我這本書（笑）。

AP

2023 年 6 月

推薦序一

看AP故事，得到啟發

人與人之間的認識，真的是有「緣份」的！

我正在為一部「靈幻 Ghost」電影搜集資料，我到三聯書局，偶然在新書推介 section，看到《AP 一人靈探團》這本新書。好奇之下，我拿了書在店裡找了一個休閒的位置坐下，怎知一看，馬上放不下書，消費了我一個小時。

在書裡面認識了 AP、他的膽識、他的堅持、獨特的個人風格……就是「過癮」。然後我決定約他見面，繼而一見如故！呢份緣份，我哋就做了朋友。

AP 推出新書《靈異 Staycation》，我看了一遍。感覺上，比起第一本書，除了 Ghost 之外，更多了社會多面的生活化：「神戶極度恐怖旅館」看後，令人感觸良多。「第一章內文」AP 描述自己母親的故事，我相信他在拍攝「酒店」的過程中，對「輕生」這個忠告，除了是發自內心的感受，都是他心靈上的一點小感觸。

好啦，再寫下去，可能幾十頁紙都寫唔晒，希望 AP 靈異故事，加多些社會上的奇異生活片段，供我們讀者欣賞！

余允抗
資深創作人 / 導演

推薦序二

像忍者小靈精般越過高山又越過谷

何時開始觀看 AP 呢？不得不說「鬼故事搖籃」潘紹聰的網台《恐怖在線》。

3 年前開始當付費會員的時候，每每節目有突發事件，便看見一位衝勁的小伙子，被委派趕往現場。不論訊號接收好壞與否、環境有多惡劣，見他仍然力挽狂瀾，對他從而留下極好印象。

跟着的日子，觀賞 YouTube 成為我的習慣，得知他擁有自己的頻道《AP 人生》，而大多數他的片子，都是一個人像忍者小靈精般，又越過高山又越過谷，大夜深直播靈探，看着看着又挺好看。

之後，他不停添加儀器，由那個吵耳的靈魂盒子、火柴人、尋龍尺……等等。心想這個小伙子，對自己有要求的。話說回來，連我家姨姨也喜歡尋龍尺，亦開始追看他的節目。

近年他又有新主意，衝出香港打算旅居海外，尋找更多題材。不但有靈探，還有酒店開箱，飲飲食食。走出舒適區，擴大生活體驗，越來越貼題：「AP 人生」。此外收看他的片子愈久，我越彷如觀眾變身為姊姊，見證着過去 3 年，對方一步一步的成長。

今次是他的第二本作品，有關酒店的所見所聞。以 AP 所累積的經歷，此書值得我們期待。同時，希望再有三年又三年，從工作中給他更多閱歷，那樣便有第三、四、五、六本的作品面世。

李珊珊
知名藝人

推薦序三

成為歷史的記載者

和靈探相關的內容，因為膽小，我從來不會接觸。

數年前，因為工作訪問 AP，需要觀看他所拍攝的靈探影片，甚至跟他外出拍攝。親身經歷的，跟我想像的有很大出入。因為害怕，原本抱著戰戰兢兢的心態，怎料當天沒甚麼事情發生，也沒有探到甚麼。

影片播出，內容平實地將當天的拍攝呈現。AP 沒有浮誇的演繹，也沒有故意要將「無變成有」，純粹把自身經歷過的直接表達，沒拍到甚麼就沒拍到甚麼，相信這是他的影片吸引的原因之一（這也是我朋友、他粉絲告訴我喔！）

不少人對「靈」充滿好奇，希望從 AP 的影片或書本得到相關的資訊。但對我來說，所得的不只是這些，而是一些被遺忘、不起眼的地方，其歷史、現況的記錄。有時即使明知這些地方近在咫尺，也不會主動、或者不能接觸了解，因為 AP 的勇氣，能將這些呈現在大家眼前。

記得 AP 曾說過：「靈體是人的轉化，為何大家會這麼害怕，大家恐懼的又是甚麼？」他想帶給大家的，不只是探靈的經歷，還希望觀眾、讀者能在他的作品中獲到得著、啟發。

第一次見 AP 時，他已經說希望到世界各地拍攝，很高興見他達到目標，並成為出第二本作品的內容。到外地取材更吸引，引人入勝，值得一讀！

最後恭喜 AP 再次出書！希望他保持魄力，繼續發掘不同題材！

文迪

YouTuber + Producer

推薦序四

繼續為一人靈探AP加油

哈囉！我是油鬼。AP 終於迎來第二本出版書籍，真的很替他開心！大家有留意到我的照片這次是用了插畫嗎？這個是我第二個身份 - 插畫家。如果沒有 AP 的幫助，插畫家拋拋可能就不會存在，而是被現實所逼，回去做全職打工仔吧！

考完 DSE 分數不足，未能入讀理想的設計學校，繼而選擇報讀幼兒教育科。但越深入學習越察覺自己不適合，考慮一番後還是選擇離開學校，一邊全職工作一邊自學畫畫。當時每天收工回家後實在太疲倦，根本沒有多餘精力及時間畫畫。這樣的生活過了一年後，我就毅然決定轉做短期工 + 畫畫。雖然賺的錢不多，還一直被家人責罵不找正職，但起碼我終於可以開始經營插畫 IG，向一路以來的夢想進發！

我和 AP 相識是同為短期工的同事，他知道我有在畫畫後就說要課金給我，想請我幫他畫 YouTube 貼圖，繼而 YouTube 封面圖、產品等等，我就開始兼職後製工作。在家工作、無需跑數、自由身、彈性不解僱、比市面高薪，這些都是他當時形容與他工作的福利。而直到現在，這些福利仍在，好開心！哈哈！

穩定之後，我就沒有再做短期工，直到現在我都是一邊協助 AP，一邊經營我的插畫。我很幸運遇到 AP 這個貴人，除了能讓我實現夢想，也帶我到不同場合認識及嘗試，擴闊眼界。而我報答的方式是令自己變得更好，能夠分擔一下他的工作，讓他安排我做的事都能順利完成。頻道十萬訂閱了！雖然這些只是數字，但也是我們團隊努力的成果，是觀眾的肯定，謝謝大家。今後，「我哋繼續搞大佢」！ YEAH ！

Bubble.c(拋拋) / 油鬼
職業插畫家 /《AP 人生》後製

推薦序五

繼續取得更多成就和幸福

Hello！又係我 Dino！

大家有看 AP YouTube 頻道，對我應該不陌生。經常出現在 AP 頻道，比靈體更加靈頑不靈地纏着 AP 的，正是本人也！

記得年幾前 AP 推出第一本處女作時，YouTube 訂閱人數僅約 6 至 7 萬。短短一年間，人氣急升，頻道訂閱人數突破十萬大關！作為 AP 好友，見到他的努力得到回報，真的為他感到很興奮！為此我作了首歌慶祝 AP 10 萬訂閱和出新書！

以下歌詞我自己諗嘅，可以形容我此刻的心情！

AP 出書真的很興奮 ♫

AP 出書很興奮～♫

AP 十萬訂閱很興奮 ♫

AP 出書很興奮 ♫

出書真的很興奮 AP 出書很興奮

(無限輪迴無限 Loop)

唔好意思，因為太興奮嘅關係，忘記了重點「寫序言」。今次係第二次為 AP 出書寫序了。好多謝 AP 的邀請，不過小弟認為以我 Dino 的才華，只讓我寫序言，實在太大材小用了。「我要出書！我唔要寫序！」就是這樣隨口的一句，AP 竟然讓我在他這本書的最後一個故事給我發揮，讓我能夠初嘗成為作者嘅滋味！真心感謝 AP 給我展露才華嘅機會！

大家如果想欣賞我的才華，就去這本書的「最後」一個故事看吧！

最後，祝福 AP 在他的事業和生活中繼續取得更多的成就和幸福。我相信這本書會成為一個充滿愛和力量的作品，能夠影響到無數的讀者。

Dino
熱愛到處掘地尋寶、靈探、夾公仔和飲飲食食
YouTube 頻道《LOWTECHSHOW 奴隸獸》主理人

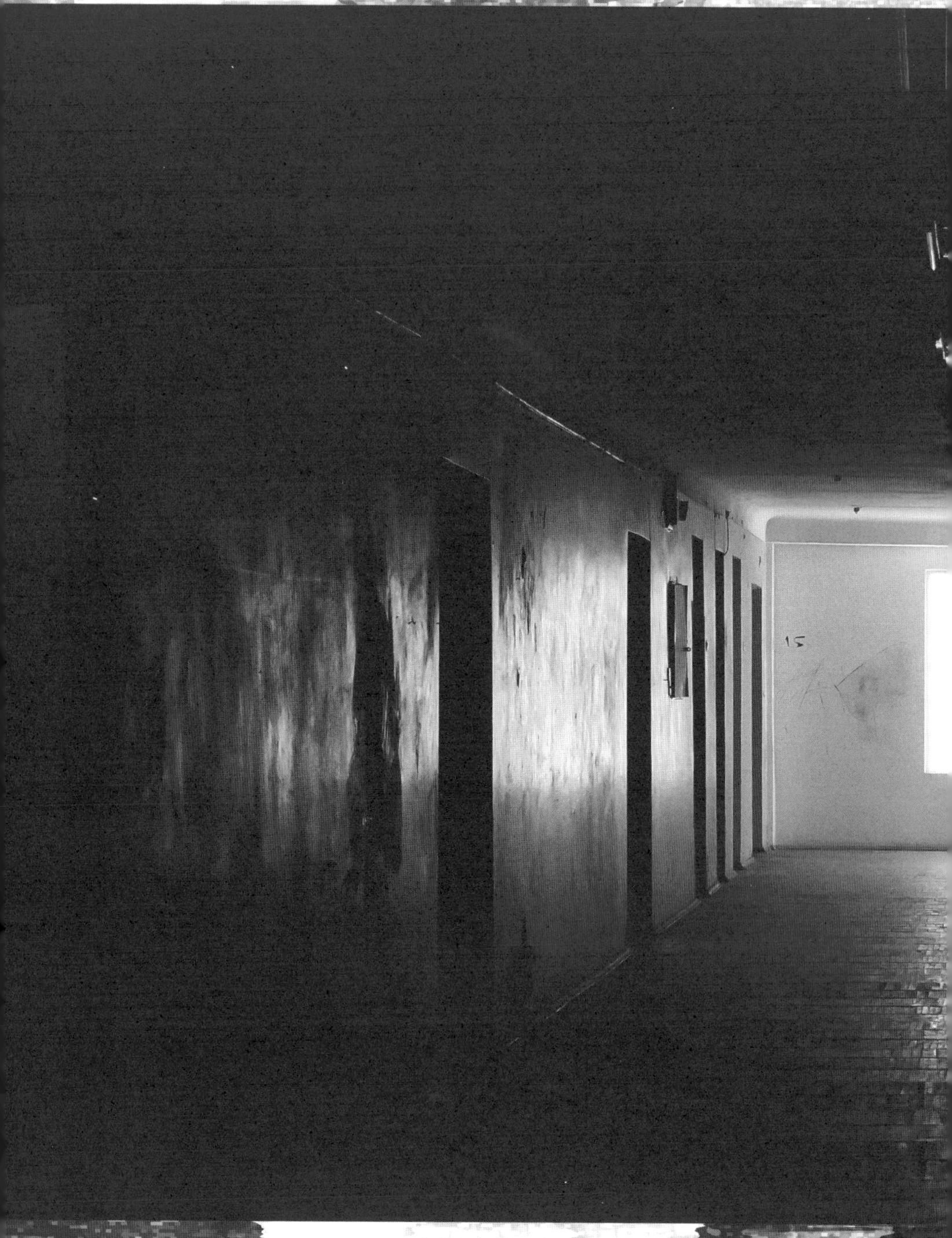

第一章

經歷超過三年的「一人靈探」，有所領悟，敞開心扉，將來還要走更遠的路！

1.1
初衷

雖然在作者序言已經簡單說明為甚麼想寫這一本書，但我覺得有需要正式地再說明一次，人生中有些事情是必須要清清楚楚。我認為如果你不理解我創作的理念，是不會明白我真正想帶給大家的深層意義。簡簡單單寫一些個人經歷與故事有時候太沒趣，我也想分享一些我對人生的個人見解給大家。我很喜歡在不同的人身上吸收到一些新的東西和想法，我也希望大家可以從我身上得到一些啟發。

言歸正傳，為甚麼是酒店？跟作者序言所說一樣，主要是多鬼故。除此以外酒店也有一種吸引力，大家主要都是去酒店休息和享受，但其實也有很多人會選擇在酒店房間輕生。我猜是不想影響到自己家人或房價，因為一旦居住的地方變成凶宅，家人的生活也有可能受到影響。還有在酒店房間也不會受到其他人打擾，輕生後也會很快有人處理，應該大概是這些原因吧。差不多每個月我都在新聞上看到有人在酒店輕生，當然也有一些是意外。但有很多酒店業界人士都曾經跟我說過其實差不多每一間酒店都有發生過一些很悲慘的事情，只是有沒有被報導給大眾知道。

生存的勇氣

在種種原因下我決定將我在每一間酒店的親身經歷和一些我知道的內幕藉此書全部告訴給大家，同時間也希望這些故事可以帶給大家一些思維上的啟發。我不知道大家未來會遇上甚麼事，但人類的意志力有時候真的很薄弱，有些人選擇走上這條路也需要很大的勇氣，背後也可能經歷過無數的故事。就這樣說可能沒有很大的說服力，我來給大家一個例子吧！其實我的母親也是輕生離開的，她選擇的方式是從家中的窗戶一躍而下。我很清楚她生前發生過甚麼事，我也是過來人，可以完全明白當事人或是家人朋友的感受。但我認為無論如何，只要我們還生存着，家人朋友都會提供無限支持和幫助。

我希望我的影片和書籍可以帶給大家正能量，大家千萬不要看完我的影片和書籍後跑去輕生！因為我真的有懷疑過這個可能性，之前有一間酒店從來沒有新聞報導過任何輕生事件，但我在該酒店直播後一星期便有人在那裡輕生！我不知道是巧合還是真的與我的直播有關，但我在此鄭重再跟大家說一次，保持正面！若發生甚麼事都好，家人朋友和你也能一起解決的！努力生存！享受生活！

1.2
海外靈異Staycation

每一刻我都在跟 YouTube 的演算法進行一場無止境的戰爭，香港的地方和酒店我已經拍了很多，是時候趁着疫情緩和出走一下，不然我的頻道就會沒有新鮮感，不斷拍差不多的東西對我或大家都不好。而有些觀眾也因為工作家庭緣故不能旅行，我相信他們也想看看一些海外的影片，所以當時為了帶給大家更有趣的東西和自己更好的未來，我要離開香港了。

在我決定離開到其他地方繼續創作的時間，我有想過很多地方。日本、台灣、馬來西亞、泰國等等……但基於那個時候還是處於疫情的階段，所以最後剩下的地方寥寥可數。雖然我有很多一人旅行的經驗，畢竟這一次離開的時間會比較長，甚至我以為會是永遠，更何況現在因為另一半和工作的緣故，我決定先回到香港繼續創作，找尋不同的可能性，但未來還是會不斷到海外拍攝。

心態決定事情的好與壞

這一次海外靈異 Staycation 的起點是泰國曼谷，原因是物價指數比較低和泰國有很多靈異故事，有一個泰國朋友跟我說「每一個泰國人都相信有鬼」！這一句說話深深刻印在我腦海中，真的是這麼厲害嗎？我是一個喜歡挑戰自我的 YouTuber，經常都會把自己逼到去牆角。情況越艱難，我就越要克服！我是從來沒有去過泰國的，這個是一個很好的機會去磨練自己的應變能力。到達一個陌生的國度靈探，人生路不熟還有語言不通，但我相信沒有什麼是我不能解決的！最近我的口頭禪是「我無所不能」，我真的不是說說而已。我並不認為處理事情都只有大眾所知的方法，我喜歡不受限制和不受控制，反正事情能夠解決就可以了，這樣的生活方式經常都會產生到一些意料之外的趣味！我很嚮往無限的可能性，事情的好壞主要都是取決於我們的心態。

生活上的問題我都可以解決，但文化上我需要很多時間去摸索，因為不同的國家都有不同的文化。特別是靈異的文化，每一個國家對靈異的想法和態度都不一樣。我盡量都想保持影片有趣味和生活化，但又不想太過兒戲，這一點其實在每一條影片我都會很著緊。只要我一不小心犯了一些禁忌，可能我就會被關進牢房。如果不是太嚴重，只是關幾天都不錯，出來後便可以拍一條新影片講述自己感受（笑）。YouTuber 就是這樣，生活上的好壞也要記錄下來化成影片。總之在海外要面對的問題和事情真的有很多，大家看到的影片和這一本書看似簡單，其實是經歷了無數的考驗才可以誕生。希望大家能好好享受我的作品，我也歡迎大家電郵給我一些有趣的個人經歷，謝謝大家。

1.3 你所不知的背後

很多人認為在酒店拍攝就會很舒服，其實通常最累就是酒店，因為拍攝或直播時間都很長，隔天又要早起退房，不像在家可以自然睡醒。酒店房間成本又高，但收益又沒有很多，基本上每次都是「輸少當贏」。而事前準備跟戶外靈探大致相同，只是在現場的心理狀態不一樣，在戶外你怕的是鬼，室內則是人。因為酒店有很多住客跟職員和監控，所以每次的一舉一動可能都會引起其他人注意。雖然我不是在作奸犯科，但去人家酒店靈探還是比較低調好。

我覺得靈探還是自自然然比較舒服，但畢竟影片和直播也需要一些效果，我不是說要裝神弄鬼，而是要拍得比較有娛樂性。我跟大家喜歡靈探的原因都只是為了娛樂而已，正常酒店的環境沒有在戶外那麼恐怖，所以我每一次必須找到該酒店可取但有限的元素放大去拍，這樣大家才會想看下去。

每一次在酒店都差不多拍到天亮才睡覺，我說是差不多天亮，不是真的天亮，因為拍攝視覺效果的原故，睡覺時還是黑黑的比較好，這些

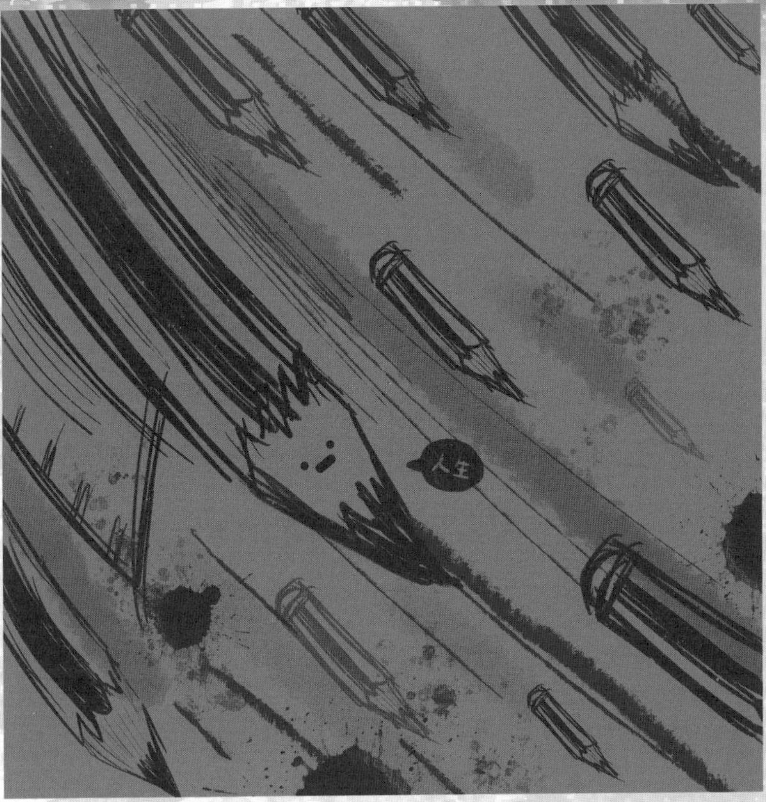

可能大家都不會留意到。所以之前每當我看到有些人說「AP 懶惰了」、「AP 不出去靈探了」、「AP 現在要舒服」……等等的說話，我心中怒火就會燃燒起來，現在心態比之前更強大，再看到這些說話時我都會回答「對！」。有些人是不會理會你的感受，他們覺得你做一件事，以後你就只能做一件事，做其他事就是你不對。但沒關係，我也不會理會他們感受！為了頻道和創作，我知道我必須作出嘗試和改變去增加更多可能性，有風險才有進步。

第二章

海外Staycation，
獨遊陌生街道，
探索靈異酒店的背後！

2.1 澳門手撕雞

在網路上搜尋澳門都市傳說很多時候都會看到「人肉」，例如人肉叉燒包、食人巷等等，還有今天的主題「手撕雞」。簡單說就是一單發生在 1997 年哄動港澳的凶殺案，兩名風月女子在酒店房間內被肢解殺害，俗稱澳門手撕雞事件。疫情緩和後澳門推出了一些對港客的優惠，所以我便打算跟 Dino 前往刺激一下澳門經濟，畢竟我也從來沒有拍過任何澳門的影片，來一個小旅遊也不錯。

我是出發前一個晚上才決定預訂這間酒店，因為我找了很多不同的酒店都已經翻新或是拆掉了，還有很多的故事都很普通，預訂這裡也是沒有辦法中的辦法。說真的，我也不太相信經過二十多年後我仍然可以在這一間酒店遇到」「它們」，但不去就真的完全沒可能，做甚麼都要有信念，畢竟這裡的「名氣」還是很大。

當天我們到達澳門的時間很晚，因為我們是第一次坐巴士去澳門，有點搞不清楚怎樣轉車，最後我決定先去拍一些飲飲食食跟旅遊區的情況，再晚一點才去入住。聽說現在澳門有很多旅客，況且我的影片現在已經跟之前不同，我增加了很多生活化的片段，所以酒店靈探的部份會比較少，因為我大概也知道沒有很多東西可以拍，有時候拍靈異題材也需要變通的呢！

排牛雜的人龍

【AP 的話】
疫情帶來的影響真的遠超我所想，酒店的賭場都倒閉了，我很少聽到賭場會倒閉。但另一方面，樓價、物價、生活指數好像比疫情前「正常」，到底是哪裡出了問題？

不幸中的大幸

經過我們在官也街吃喝玩樂後得出一些結論，就是大排長龍、價錢近百的牛雜味道其實也是十分普通，但我不得不說旁邊的貓山王冰淇淋真的是很出色，我現在連寫靈異書都變得有點生活化了（笑）。

登記入住後我們的房間是在高層，而事發房間是 713，我知道他們已經把房間編號都重新排位，所以是完全沒有可能知道正確的房間在哪裡。我們的房間除了有一點骯髒外，吸煙房間的味道也不太令人舒服。我們在房間拍了一些影片後，Dino 決定先去賭場再回來酒店 7 樓拍尾段，我自己根本沒有想過要去賭場，因為我怕去完會發生不幸的事。結果如我所想一樣，Dino 輸了一千多元，而我就贏了一萬一千元，我真的沒有想過要去賭場，真的是十分不幸。

最後 Dino 帶著死氣沉沉的軀體和我回到 7 樓，房間號碼果然都已經被調亂了，我們逛了一圈便離開了。Dino 問了我一句「就這樣？」我說「不然呢？」我已經拍過太多靈魂盒子或是尋龍尺的影片，這一種套路太多我會感到無聊，我們也沒有可能可以證實到真正房間位置是在哪裡，我覺得拍清楚現場環境就可以了。

已經被調亂的 713 號房間

房間中神秘的門

我們很快便回到房間洗澡睡覺，而當晚並沒有發生任何奇怪的事情，起床後我再拍結尾，就這樣我的「生活化靈探」便完成，但這種風格暫時還不太成熟，以後會拍得更好！跟你們再分享一下，吃完早餐後我花了十分鐘，再贏了一萬一千元，最後我懷著愉快的心情回到香港。

煙霧瀰漫的吸煙樓層

【澳門恐佈分屍劫殺案】

1997 年 6 月 18 日，酒店清潔工人在 713 號房進行清理時，發現被鋪上有一些血跡及肉碎，隨即揭發當時轟動港澳兩地的「煎皮拆骨兇殺案（亦稱為澳門手撕雞事件）」。案中兇手乃吉林男子宋文會，他在澳門賭場賭錢，更把內地兩名妓女賺來的皮肉錢合共二十萬全部輸光，在走投無路加上害怕兩名妓女發現，於是殺人滅口，將二人誘至房間並給予注射過量毒品，待她們失去知覺後用餐刀殺害並作肢解，部分肉碎更是用手撕開，將屍體逐片起肉，再將內臟剁成碎塊，放入廁所沖走。兩名死者的殘骸之後陸續在酒店下水道、史伯泰海軍將軍馬路及興建「主題公園」的地盤內找回。11 月 26 日，兇手在吉林老家被公安緝拿歸案。其後在珠海被判死刑。

【邪童遊澳門】開關後的澳門淪陷了嗎！？
近百元的牛雜味道是……？
晚上再入住手撕雞命案酒店！！

2.2
九州荒廢溫泉旅館

雖然靈異 Staycation 意思是在酒店的靈異經歷，但荒廢酒店都應該可以算是酒店吧！這一次的地點叫做「伊川光溫泉」，它是位於九州的一間荒廢溫泉旅館，這裡荒廢了才幾年，荒廢原因我也不太清楚，我猜可能是疫情關係加上地方偏遠吧。我因為剛好來到博多，加上每周一次的《恐怖在線》外景關係，所以日本在地的小幫手找了這個地方給我。據說有很多人來這裡靈探時看到有很多男男女女的幽靈，還有 2 樓也會傳來有人的走路聲。但這些其實不是最重要，最重要是我可能會沒有車回去博多市中心，因為離開的巴士大概晚上七、八點便沒有了，所以我必須跟時間競賽。天黑便要開始拍攝，我大概只有一個半小時，如果真的沒有車，我便要從高速公路走幾小時，雖然不是甚麼大問題，但可以避免的都盡量避免。

離開這個地方已經有一定的難度，前往更是歷盡千辛萬苦，我是懷著有前冇後的決心，因為我發現網上說的巴士時間和號碼好像跟我眼見的都不太一樣。但幸好日本有漢字，我憑着巴士上的一些漢字便登上了一架應該是前往「伊川光溫泉」附近的巴士，踏上巴士的一刻，我感到

温泉
ホテル
花

【AP 的話】
各位切勿模仿！因為日本地大物博，去任何地方都要做足資料蒐集，如果一有事情發生，求救也是十分困難，切勿逞強。

無比心寒，但不管了，就算面對未知的一切，繼續出發是我最後的選擇。而我也沒有搭錯車，總算經過數程 JR 和巴士後我終於到達目的地附近。民居比我想像中多，但好像沒有看到人，我也沒有看到便利店跟商店。沿著地圖走了大概十分鐘終於找到「伊川光溫泉」，大門已經被鎖上，從外面也可以看到裡面雜草叢生，但幸好有一個入口可以進入，不然就浪費了一整天。我發現旁邊其實是有一間溫泉旅館，但在地圖上是完全找不到的，我隱約可以聽到裡面有人聲傳出，網上流傳的故事跟旁邊溫泉旅館傳出的聲音不知道有沒有關連，因為很多時候所謂的鬼故都只是大家疑神疑鬼。

門外已經感受到恐怖

樓上傳來的腳步聲

進入「伊川光溫泉」後，我發現這裡應該都是「個室風呂」，意思就是這裡沒有大浴場，溫泉都是在房間內。而這裡雖然荒廢了好幾年，但不得不說日本人的整潔程度真的令人震驚，我第一次看到荒廢地方那麼乾淨整齊，感覺是可以直接住下來。逛了十多分鐘後我開始想這裡是不是又沒有任何事發生，但突然間有一陣很奇怪的音樂從外面傳來，事後我才知道原來在鄉村地方會有報時的音樂，當刻我還在想是不是靈異事件（笑）。而當音樂停止後，我好像突然聽到樓上傳來走路聲，我靜下來仔細聆聽，通常事情發生一次之後都不會再聽到，但走路聲竟然越來越大聲！是不是有露宿者呢？但這裡是鄉村，露宿者應該不會選擇這

格局有一點像荒廢了的亞洲電視

這裡好像比很多香港地方還乾淨

裡吧？還有我是剛剛從樓上下來的，這裡只有上下兩層跟地牢，雖然我沒有把每一個房間的門打開，但我在樓上時沒有察覺到有人。在這種地方老鼠應該也不會看到一隻，但我不排除是其他動物，所以我決定回到樓上看一看。我在樓上只是用簡單的日語向空氣問：「這裡有幽靈嗎？」因為我覺得如果這裡有露宿者或是瘋子會很危險，所以我還是跟房間保持距離會比較好，而最後我也沒有得到任何回應。如果真的有露宿者聽到我只是來靈探，他應該也不會對我怎樣，但一切只是我假設而已，還是安全比較重要。

誰在我背後

另一件奇怪事是發生在地下 1 樓，當我逛到最後幾個房間時，我感覺後面好像有人跟著我，但我回頭沒有看到任何人，感覺跟我在 1 樓時差不多。我在 1 樓時，2 樓傳出聲音，我在地下 1 樓，感覺到後面有人。大概就是有「人」一直在跟著我，但我是沒有陰陽眼，所以我簡單跟鏡頭說幾句便出去了。

最後，我在門外問尋龍尺剛剛裡面聽到的走路聲是不是幽靈，它的答案：「是」。我不知道有沒有人從影片中可以看到幽靈，但這一次靈探可以說是我在日本三個月以來最厲害的一次。從我有前方後地前往這一個地方，然後好像真的有靈異事件發生，我只能說有時候我真的很佩服自己（笑），希望以後我都能繼續保持這一種「衝動」。

【去日本必用的萬用 App】

有一個 App 叫「換乘案內」，這個應該是最準確和方便的日本交通 App，它可以顯示到一個地方要坐甚麼車、班次、時間等等，有時候連日本人都搞不清楚乘車的方向及時間，所以這個 App 十分有用。

【伊川光溫泉】一人在九州荒廢鬧鬼溫泉旅館靈探！
日本網友說的鬼故事……真的發生了！！

2.3

神戶極度「恐怖」旅館

當我還在日本時，有一天我看到一則報導在香港社交媒體上受到熱烈討論，標題大概是「日本神戶酒店一晚只需港幣六十三元」。內容大概是講述一位日本網民分享他在神戶的一間旅館「三和」拍到的照片，旅館環境十分恐怖和骯髒，而這裡一晚房費只需一千一百日圓，大概就是港幣六十三元。當時的我是在京都，距離神戶十分接近，日本在地的小幫手跟我說她找到這間旅館的地址，所以我便決定去「朝聖」一下，雖然這裡沒有靈異故事，但從照片看到的環境真的比遇到靈體更恐怖。

旅館的位置距離新神戶站不遠，乘計程車大概只需要十分鐘，而這裡是不能在網上預訂的，只能到櫃檯直接辦理入住。在計程車上，司機問我：「是酒店嗎？」我給他看一看照片然後說：「是，只需要一千一百日圓。」他笑著說：「那麼便宜，有需要介紹你去其他酒店嗎？」連當地人也覺得這裡不宜入住（苦笑），這樣我更加要去一探究竟！

【AP 的話】
據說住在這裡的人都是低收入戶，主要是日薪工作者。很多人都覺得日本是一個很美好的地方，但其實日本是有十分多的陰暗面，將來等我為大家一一揭露。

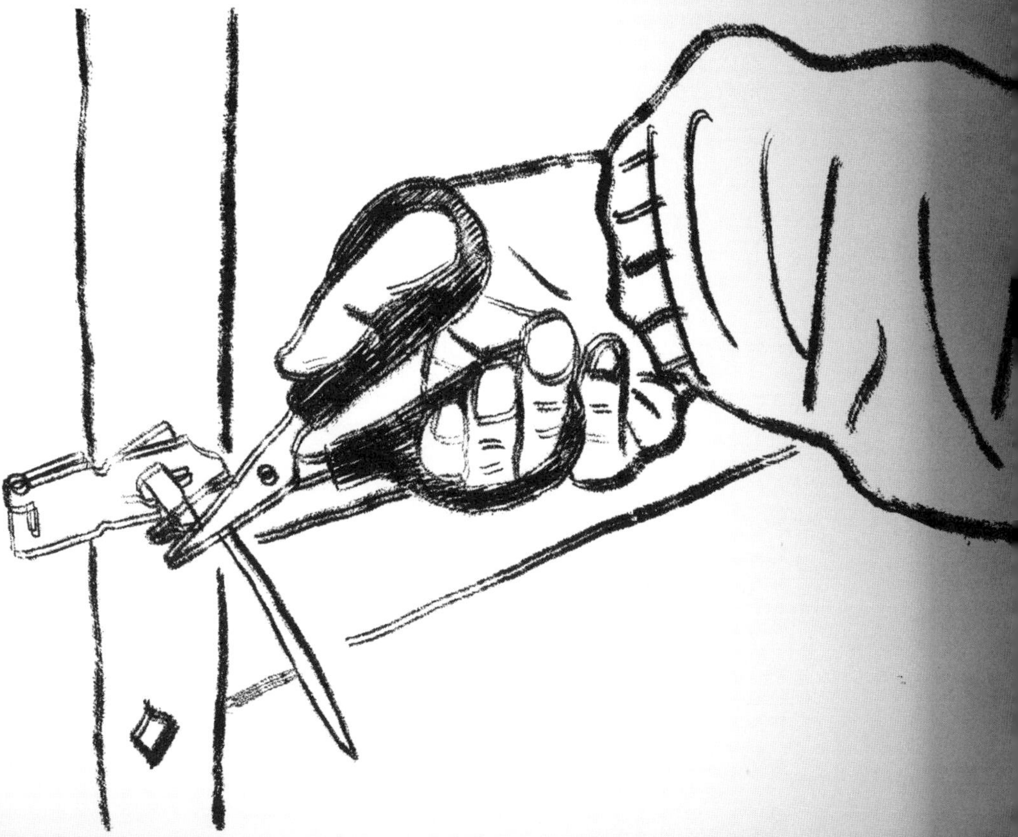

地獄住客

當我到達旅館門口時發現今天竟然是一千五百五十日圓，是加價了嗎？因為最近的報導？但就算加價了都還是很便宜，而我進去後發現原來是有電視機的房間才是一千五百五十日圓，普通房間則是一千一百日圓。另外，我發現門口旁邊有洗衣房，裡面每一台洗衣機都超級骯髒，不洗應該比洗還乾淨，想不到連洗衣房都這麼有「味道」。

在地下都看到有些已經有人入住的房間，還有很多貼上「關閉」的房間和一台已破掉的香煙販賣機，機上更貼著一些通緝犯的相片，不知道是不是他們曾經在這裡入住過？這裡的環境比我想像中惡劣十倍，四

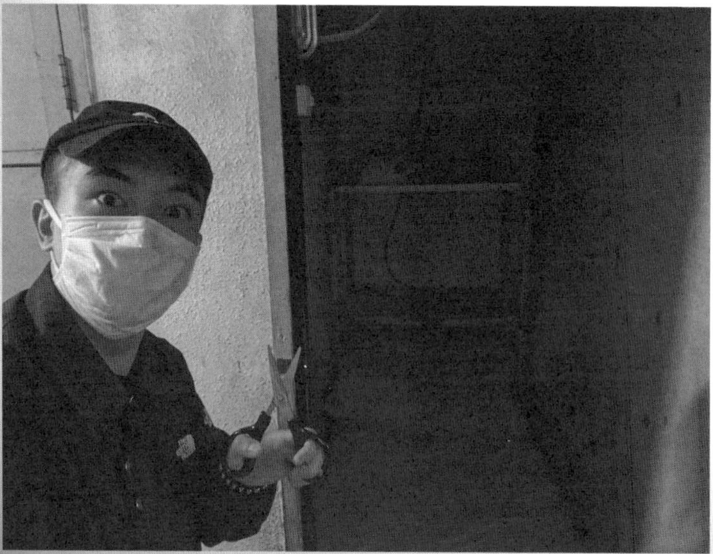

超恐怖房間

處都是垃圾和污水，廁所中更發現一團黑色的大便在地上（嘔），這個應該是我在日本看過最恐怖的廁所。逛過地下我便從樓梯走到 2 樓的櫃檯辦理入住，經過簡單的日語溝通後他給了我一把剪刀，這裡最有名的就是要拿這一把剪刀去自己的房間把門上的索帶剪開，連門鎖成本也可以省回。我的房間是在 3 樓，3 樓的環境跟地下差不多，但廁所比樓下臭十倍，真的難以想像這裡的住客怎樣可以忍受。

這是「髒衣機」，洗完會更髒

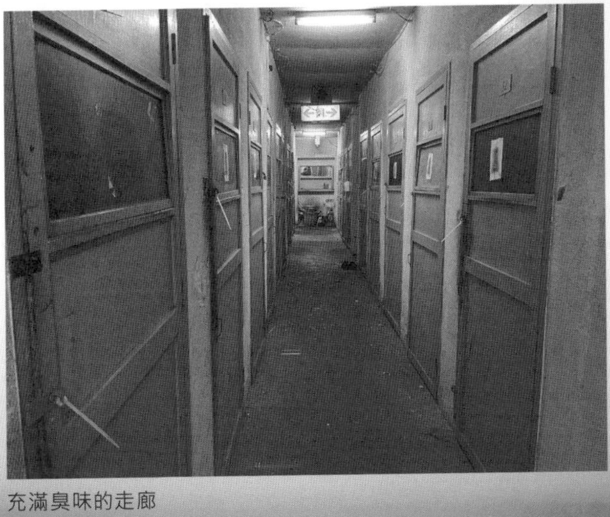
充滿臭味的走廊

究竟發生過甚麼事

終於到了這個隆重時刻，我把房門的索帶剪開後果然真的沒有讓我失望，房間裡只有一張小小的床、一個快垮掉的層架、貌似乾淨的被鋪、充滿塵埃的風扇和一個煙灰缸。床單上我更發現有血跡和一些已經死掉的蟲，我真的寧願睡在公園都不想留在這裡，我是完全不想進入這個「房間」，簡單拍攝一下就算了，我覺得應該不用跟他說退房吧，我直接把剪刀放在床上便從後樓梯離開。離開時我遇到一位老人家住客，他手上拿着一些東西，我翻看影片時才發現他是拿著一袋麵包。這一個畫面令到很多人都感到心酸，到底這裡的人經歷過甚麼事？但家家有本難唸的經，我只能默默祝福。如果我會說日語，我應該會訪問這裡的住客，我很有興趣了解他們的故事。

這一條短短十二分鐘的影片，發佈後便登上台灣各大媒體的報導上，我的訂閱數在短時間內增加了大概一萬五千人，而當中有很多都是台灣的朋友。那個時候這一條影片真的是鋪天蓋地在網路瘋傳，甚至登上了「連登」的熱門，就連電影《咒》的柯孟融導演也分享了這一條影片，更說我是勇者。但其實再早一點的時候我看到一個留言，有網友表示:「沒有睡，不是勇者」，我也是這樣認為的，我只是逛了一圈而已，絕對不是甚麼勇者。所以之後我決定再一次回到這一間旅館，希望真正在這裡睡一晚，這裡的住客可以我應該也可以！但結果竟然出人意表，當晚是沒有房間！我相信他是不知道我之前拍過這裡影片的。

之前我也聽過別人入住失敗的經歷，因為他們說旅館的環境很不好，不適合像「他」這一種人入住。而當晚真的看到有些住客出出入入，感覺也多人入住，他們看上去都只是普通人而已，我開始思考其實是不是我們覺得自己太高貴？這裡真的沒有甚麼特別，只是不同的人有不同需求。每個城市都有陰暗面，只是大家的心態不同，當刻我才發現我是多麼的膚淺，我們覺得惡劣的地方或是不好的事情可能已經是別人最好的一切。

【繁榮日本的背後】

日本的泡沫經濟，在當地稱為「泡沫景氣」，是日本在 1986 年至 1991 年間出現的一種經濟衰退現象。根據不同的經濟指標，這段時期的長度有所不同，一般指是 1986 年 12 月到 1991 年 3 月之間共 4 年 3 個月的時期。隨着這次 90 年代初泡沫爆破，日本經濟出現大倒退，此後進入了平成經濟大蕭條時期。

【吃飯時看效果更佳】神戶極恐怖旅館實地考察！
情況比網上照片恐怖百倍……

2.4 曼谷靈異鬼壓床

我人生到目前為止只有一次被鬼壓床的經驗，就是發生在曼谷沙吞區中的一間世界連鎖式酒店房間裡頭。在網上流傳曼谷酒店的鬼故事其實來來去去都是那幾間，而這一間通常也會登上香港各大社交媒體的名單上，但故事背景其實比較平庸，主要是圍繞在 4 樓發生，但故事沒有說是哪一個房間，而當晚我也成功要求住到 4 樓……

第一個故事是曾經有房客凌晨三點在房間裡睡覺的時候，突然背後傳來一陣寒意，轉頭一看便發現一個目露凶光的女鬼盯着他。另一個故事則是有房客步入房間的時候感覺全身都很不舒服，心跳突然加速，睡覺的時候被鬼壓床。其實這些都是經常聽到的鬼故事，當刻我沒有很大的期望，但是我常常都說通常最安全的情況就是最危險，這是我靈探數年得來的經驗，平常心就是最好的心態。

詭異斷網

鑒於我在泰國入住酒店的經驗，通常五星級會像四星，四星級會像

GOOD MORNING
uh
uh
uh

4 樓的陰暗房間

三星，這裡好像是三星級，所以我以為我不會睡覺，天亮便會離開。但可能這一間是世界連鎖式酒店，房間十分乾淨和舒適，我有一點後悔沒有帶衣服過來，所以先在酒店逛一逛看看有沒有甚麼特別的地方可以拍攝吧。逛了一圈之後，發現這裡甚麼設施都沒有，所以我便決定先去便利店購買一些日用品，因為泰國的酒店好像都沒有牙刷，這一間好像連瓶裝水都沒有給我。

回到 4 樓發現除了在角落有一間房間門外特別陰暗之外，其他地方大致上都沒有特別。之後我便回到房間進行《恐怖在線》和自己頻道的直播，直播時尋龍尺說是有靈體在我的房間，但每當我問問題時網絡就會變得十分差，而泰國法科 Frankie 師傅也在電話中教我用泰文問現場有沒有靈體，但我實在聽不懂泰文，除了一句懷疑是在回應我之外。之後我直播大概到凌晨五點快天亮的時間，洗澡後我便去睡了。因為沒有衣服的緣故，所以被鋪下我是全裸的，打算睡幾個小時便離開。

【AP 的話】
被鬼壓雖然真的是很可怕，但最緊要保持冷靜，平生不作虧心事，早上鬼壓也不驚！如果情況持續不斷，請先尋求醫生意見，解決不到再向法科方面著手，理性是最緊要。

被壓的無助感

我應該才剛開始睡著，突然間我感覺到左手和左腳好像有東西抓住我，這一種不明力量慢慢移動到我整個身體，我知道我是被鬼壓床，因為是第一次，所以我感到十分害怕。當刻其實我還是很冷靜，我記得觀眾們說過被鬼壓時會聽到奇怪聲音或是會看到靈體，但我基本上是全身都不能動，甚至眼睛也打不開。我花光力氣想把眼睛張開，然後我真的成功把眼睛輕微張開，但我完全沒有看到任何奇怪的東西，甚麼聲音也沒有聽到。此時的我還是在拼命掙扎，大家都說被鬼壓要拼命大叫，主要是因為需要一道力去把自己叫醒過來，醒的意思不是你睡著了，而是你要拿回控制身體的意識。突然間我感覺到我的手動了一下，之後我再一次發力大叫，這一次我終於控制到身體了。當我可以動時，我馬上轉頭查看我的手機是否還在拍攝，因為我有在錄影我睡覺時的情況，為了就是可以拍攝到這些情況，想不到人生第一次被鬼壓床竟然被我拍下來了。

基於 YouTuber 的天性，我馬上拿起手機拍起感受來，因為事情剛剛才發生，這時候的反應是最自然，竟然是跟網上故事一樣被鬼壓床，而且是在早上的時間。當然鬼壓床也有機會是睡眠癱瘓症，不一定是因為靈體，但我查看影片時發現了一個證據，就是在鬼壓床前一陣子，我的手機突然動了幾下，好像有東西撞到一樣，除了是因為有昆蟲經過，我的唯一解釋就是靈體。

其實我是很高興，因為我真的拍攝到自己被鬼壓床，幸好的是我沒有看到甚麼恐怖東西。YouTuber 為了流量是無所不用其極，但我絕對不會做假，即使有些人說我是在演戲，我問心無愧，還是很感謝他們，起碼他們是看過影片才會這樣說。總結就是真的不要輕視靈界，有時候「它們」的力量是你意想不到，不過我的力量也很厲害，才剛被鬼壓床就已經可以拍攝感受，有時候我真的挺佩服自己（偷笑）。

十分整潔的房間

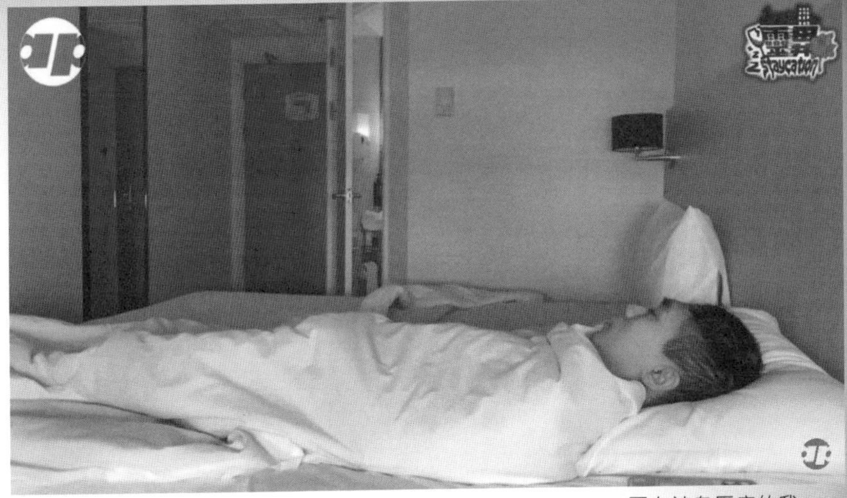

正在被鬼壓床的我……

【睡眠癱瘓症】

科學家已經確定此種症狀與生活壓力有關，多發作於青少年以及年輕人。此類人群通常生活壓力過大，作息時間不規律、經常有熬夜、失眠以及焦慮、睡太久這些因素都是可能造成睡眠癱瘓症的原因。此外，體弱多病的人亦較容易出現此種症狀。有時在劇烈運動、食用大量碳水化合物食物後也會較易發生低血鉀症，導致睡眠癱瘓。

【有片為證】人生首次被鬼壓床！？
曼谷酒店恐怖經歷全紀錄！

2.5

亞洲最驚慄酒店－馬來西亞雲頂

這是我頻道暫時觀看數最高的影片，七個月時間，有五十多萬觀看次數。相信很多人都聽過在馬來西亞雲頂有一間被譽為亞洲最恐怖酒店，雲頂這個地方已經有很多不同的都市傳說，而這間酒店的故事以我所知有幾個。在酒店的 14 樓有一家人為了避債，父母先燒炭後再了結他們子女的生命，再走到陽台跳樓輕生。

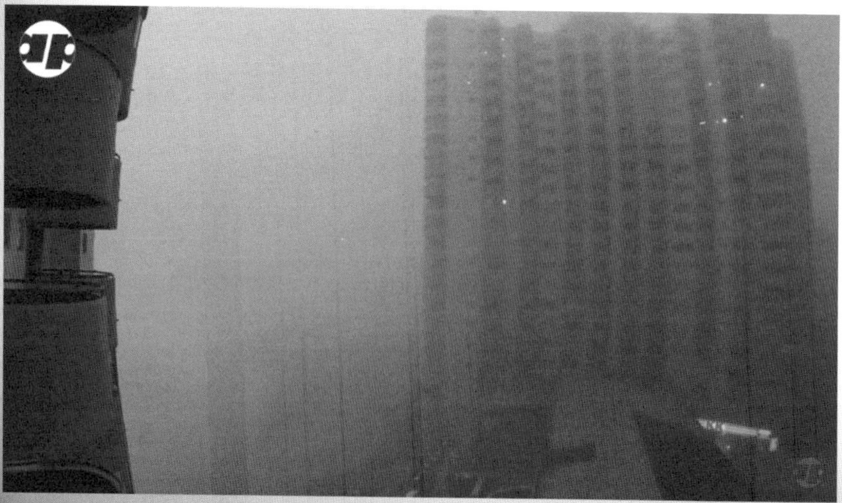

完全明白為甚麼叫雲頂

傳聞中被木板封上的房間

另一個則發生在 22 樓，有一個女孩輕生後但沒有人找到屍體，房間內有很多口鐵釘，還用木板把門口封住，但聽說這一間房間好像已經拆掉了。我對這個故事感到十分疑惑，如果沒有人找到屍體又怎樣知道有人自殺？雖然鬼故事很多時候都沒有邏輯可言，但我盡量還是想保持理性。

不過，這一間酒店最靈異的部份反而是停車場，保安是不會去底層 4 樓的，因為越底層的停車場越容易感受到靈體存在。據說曾經有保安在半夜時份看到一個女孩經過，沒有錯！只是看到女孩經過而已，但這一個已經是鬼故事，更遑論有人在這裡看到靈體重複跳樓呢！

遇到結界司機

以上這些只是網上流傳的故事，我自己經歷的故事在還未出發前已經發生。因為雲頂跟吉隆坡市中心也有一段距離，所以我預約了計程車，當天其實我跟司機也有確認時間和地點，但差不多到約定的時間時，司機好像突然進入了結界一樣，沒有任何消息，電話也沒有接，後來過了一個小時他才回覆說找不到，我跟他再說一次位置，然後他再一次失蹤。大概半小時後他再說一次找不到我，這一刻我已經有點不知所措，如果找不到我，不如我來找你，但他只是不斷重複找不到我。之後我跟預約人投訴，然後找了另一台計程車出發到雲頂，司機好像突然瘋了一樣。而離譜的是預約人跟我說是他找不到我，我沒有回覆他訊息，電話也沒有接聽，原告竟然變成被告，唯一解釋是他們都瘋了。

【AP的話】
我覺得大家也要注意一下雲頂的交通，不管是自駕遊還是坐計程車，因為能見度實在太差，如果不太熟悉雲頂的路一定要多加小心。

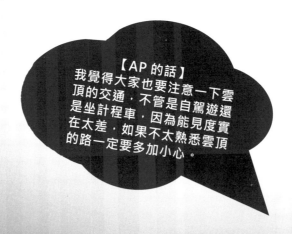

翻新前的酒店

言歸正傳，因為這一間酒店不歡迎外人拍攝，所以我決定今天才用偷拍的方式，從進入酒店那一刻我已經在拍攝四處的環境，這裡就像一個小小的社區。地下主要都是商店和酒店辦公室，住客和保安都在四處徘徊。因為這裡有很多外地勞工入住，所以我看到的都是工人，馬來西亞的觀眾跟我說其實這裡不是酒店，比較像是住宅但你也可以日租，這不是跟酒店差不多嗎？我也不知道確實的叫法是甚麼，但我不得不說這裡的環境真的是太惡劣，四處都是霧氣，整間酒店都十分潮濕。其實這裡的業主立案法團已經翻新了一次，但還是可以看到一些「殘舊」痕跡。他們不歡迎外人拍攝的原因是因為一些人來這裡靈探後說這裡十分猛鬼，從而導致樓價下跌，網民說根本就沒有關係，完全是裝修和環境問題，我其實也認同網民的說法，因為是環境問題，所以應該沒有辦法可以解決。

進入房間後其實並沒有什麼特別，除了陽台景色比較壯觀之外，房間評語只有一個字「臭」。四處的氣味都十分臭，聽說這裡的空氣污染指數很高，長時間逗留會對身體有害。步出房間後我發現保安好像不是網上說的嚴密，沒有攝錄機亦沒有保安巡邏，但不時都看到住客經過，拍攝還是要保持低調。由於 14 樓實在太多住客，我逛了一圈後便出發到 22 樓去找一找被木板封起來的房間是否還在。到達後除了看到一些被鎖鎖上的房間外，並沒有傳聞中的木板房間，但其實這間酒店是分開兩座，也有機會是另一座，由於天色已晚，我決定先外出吃飯，晚上再去另一座拍攝。

晚飯過後我坐計程車回到酒店附近時，突然有一股惡臭傳來，我想應該是從停車場傳來的，我心想裡面一定很多垃圾，難怪整間酒店都臭臭的。冥冥中自有主宰，當差不多要開始《恐怖在線》的直播時間，我不知道下午是不是我看漏眼還是門口突然打開了，直播期間我發現同樓層竟然有一間荒廢了的房間，門外有四把鎖全部都打開了，我慢慢地把門推開，裡面都是一些垃圾和廢棄的東西，看陽台的青苔就知道這間酒店以前是怎樣的。房間感覺像有人在這裡露宿一樣，而高靈人士說這裡

【雲頂天氣小資料】

雲頂高原全年氣候宜人，氣溫介於 15 — 25°C，
是馬來西亞著名的避暑勝地。

有很多靈體，但我沒有感覺到甚麼，我只覺得這裡的樓價下跌真的是合情合理。

荒廢的臭味

直播完結後，我真的在另一座 22 樓發現到被木板封住的房間，簡單查看沒有甚麼發現便離開到樓下，不得不說這裡的 KK 超市貨品真的超齊全，晚上的正門連保安都沒有，四處拍攝都沒有人管我，但這個時間除了超市之外已經沒有其他店鋪營業。

最後，來到今天的重點「停車場」，大致上是地面加地下四層，總共五層。只有最上層有車停泊，燈光則在第三層開始慢慢昏暗，每一層都發現到荒廢的房間，但並不是每一間房間都可以進入。

在以前看到的照片中，這裡有很多被遺棄很久的汽車，但現在已經全部清走了。有一些在網路上看過的地方都消失了，我還以為今次我會是空手而回，幸好在最底層，我竟然發現了一間很大的荒廢房間。裡面跟早前的荒廢房間差不多，都是垃圾和有人露宿的感覺，終於找到一個算是比較有「感覺」的地方，再加上停車場底層本身已經是十分恐怖，一點光也沒有。

【雲頂經典鬼故事】

要說雲頂經典鬼古，非以下這個莫屬！據說，一對年輕夫婦到雲頂高原旅遊，在賭場賭錢到深夜，但丈夫卻把錢全都輸光，就連住一晚飯店的錢都沒有。二人只好開車連夜下山，當車子開到山腰突然沒了油。夜深時份，沒有往來車輛及民居，丈夫於是叫妻子待在車上，不要胡亂下車，他則下車去找幫忙。等了很久，妻子仍未見丈夫回來，雖然焦急亦不敢下車。她偶爾地會看到遠處有車駛過，但奇就奇在每當車經過她的車時，都會加快速度離開，令妻子百思不得其解。這時，一輛警車忽然出現，並用擴音器向車內的妻子發出廣播，要她盡快下車跑向警車處，並著她不要回頭看。妻子不知道發生了甚麼事，只好聽從警方命令去做，但心中充斥不安感。當妻子跑到警車處，警方一手拉她上了警車，而妻子亦好奇地望向她的車子，只見在她的車頂上，赫然坐著一個青面遼牙的女鬼，津津有味地啃咬著一顆血淋淋的人頭，正正就是她的丈夫。這件事當時在馬來西亞引起極大轟動，據說當地報紙上還報導過此事，亦成為馬來西亞的都市傳說。不過，亦有傳聞這件事並非發生在雲頂高原，而是發生在當地的一條隧道中呢！

我在這裡嘗試了人生第一次透過靈魂盒子以中、英、粵話來溝通，因為馬來西亞三種語言也會說，對我來說也是一種挺新鮮的經驗。但是很可惜，好像除了電台聲音都沒有甚麼回應，而這一刻我已經拍了一整天的影片，身體都已經非常疲倦，我決定先回到房間拍攝結尾部份。原諒我描述得這麼倉猝，因為短短一篇文字很難跟大家說明這裡發生的一切，大家有興趣可以到 YouTube 觀看我這一條影片吧！

在這裡都有拍下我睡覺時的情況，但並沒有發生奇怪事。之後就只有發現房間有蟑螂、沒有熱水、味道仍然十分臭，不過我覺得很好睡（笑）。因為在吉隆坡市中心每天早上都會播放穆斯林的經文，我每天都睡得很差，來到雲頂沒有聽到經文，所以睡得很好。而這裡真的跟大家說的那麼靈異嗎？我認為這裡只是環境比較差，沒有甚麼靈異的感覺，但當然可能只是我遇不到而已。建議大家來到雲頂盡量不要入住這一間「酒店」，整體感覺真的很惡劣，並不是因為甚麼鬧鬼原因，亦又一次實證人有時候真的是比鬼還恐怖。

一人入住亞洲最恐怖雲頂酒店！
多住一晚我怕會死在房間……

2.6

世界最多房間的酒店－再回雲頂

可能很多人都知道我有一個理念，同一天不能拍兩條影片。因為我覺得每一條影片的樣貌神態和衣著打扮都要不同，這樣比較自然，單單更換衣服是不足夠的，我是要神情也不一樣。所以當我拍攝完「亞洲最恐怖酒店」後便回到吉隆坡市中心，相隔一週後再次回到雲頂拍攝這一間「世界最多房間的酒店」。不知道是不是有甚麼神秘磁場包圍著雲頂，日光日白司機好像也接近撞車的邊緣，還要是好幾次，我能夠安全到達已經感恩。

來到酒店辦理入住時，我跟職員說我想要恐怖一點的房間，她問我：「你是來拍靈異影片嗎？」知道我的來意後，她跟我說這裡也有房間曾經發生命案，而附近有一個地方叫清水岩廟，那裡有一些墳墓可以靈探。但我今天主要是留在酒店中，所以我再追問這裡有沒有一些特別的鬼故事，她說：「沒有，但晚上你可以在走廊逛一逛，挺恐怖的。」當我到達入住的樓層時發現早上也是挺恐怖，因為走廊實在太長了！其

傳說中世界最多房的酒店

實這間酒店有七千三百五十一間房間，可以想像到範圍到底有多大。而在七千三百五十一間房間中，我竟然都能入住到尾房！另一個意思就是我的房間是在最裡面，不知道是姐姐故意安排還是我太幸運（笑）。

被封印的自殺房間

當我準備開門時，我好像聽到裡面有聲音，不確定是否聽錯。打開房門後，我發現這裡應該要改名字，這裡應該叫「世界最多劏房的酒店」，以馬來西亞的標準來說算是很細小，難怪可以有七千多間房間。

這是我加錢才有的窗戶，整個景色都是霧。

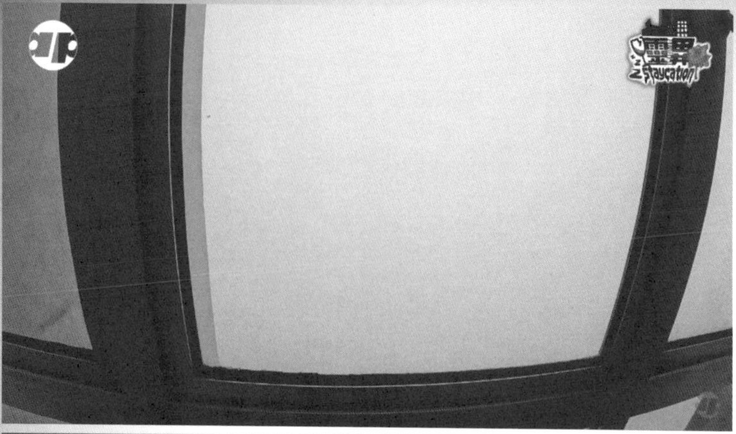

我走過最長的酒店走廊

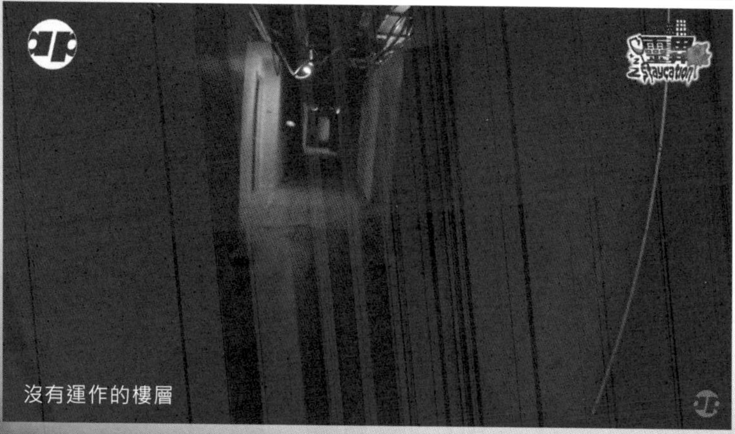

沒有運作的樓層

這裡的故事多如繁星，你想像到的都有！所以這裡被人稱為「雲頂最猛鬼酒店」、「世界十三大猛鬼酒店之一」、「亞洲其中一間最猛鬼的酒店」、「健力士世界紀錄最多房間的酒店」，比上一個故事的「亞洲最恐怖酒店」更厲害！

【AP 的話】
保持理性、小賭怡情、保持正面、沒有解決不了的事情，娛樂不用把生命賭上，人生還有很多有意義的事情等著你。

其中一個故事是有傳一位身穿旗袍的長髮女生，被男友拋棄後過於傷心，從房間的陽台跳樓輕生。之後有很多男性住客在房間睡覺時，都會被女鬼鬼壓床，女鬼還會憤怒地盯着他們，聽說「它」更會專門騷擾情侶。而今天我是單身一人來到這裡，但我要求入住雙床房間，看看女鬼會不會進來跟我一起睡（笑）。

這裡分成大樓一跟大樓二，我是住在大樓一，但接下來的故事不知道是一或是二。據說在 8 樓有一間房間被牆封住了，因為有對夫婦之前帶了一對子女入住，他們卻在賭場輸光了身家，最後選擇了結生命，離開這個世界。他們死後，擔心子女沒有人照顧，所以便索性把他們一起帶走了。我覺得靈體的力量沒有這麼強大，離世後可以把在生的人帶走，因此傳聞的可信度應該不太高，但我不否認還是有可能性的。自此之後，這間房間之後被鎖上不對外開放，不過入住隔壁房間的客人說在凌晨十二點後好像聽到有聲音在房間內傳出，酒店也請了大師來做法事，亦再沒有人有膽入住。這一間住房其實還有其他故事，但我不多說了，反正就是因為靈異而有命案發生，所以最後被封住了呢！

神秘6118

經過一輪搜索後，我是完全找不到這間房，但又被我找到另一個傳聞，就是網上說 21 樓是猛鬼樓層，所以現在已經「被消失」，我在大樓二很快便找到所謂不存在的 21 樓，其實都只是普通的客房樓層。後來不知怎的又被我突然找到一個新故事，傳聞果然多如繁星。話說在 21 樓有一間「6118」房間，傳聞有很多人在裡面輕生，但標示房間方向的指示牌上並沒有任何與 6118 有關的數字。當我開始懷疑網上故事是不是都在呃神騙鬼之際，大樓一竟然真的沒有 21 樓！聽說有人在 20 樓的後樓梯往上走，竟然發現牆上是寫著 22 樓，所以我決定親身試走一次。我果然發現牆上是寫著 22 樓，但同時間我也發現我被反鎖在後樓梯了，之後不知道走了多少層才找到門口出去。

晚上我在酒店的商場逛了一圈，這裡竟然連室內過山車都有，不過好像沒有在運作。吃完飯後我便回到房間準備《恐怖在線》的直播，好像每一次直播都會有些神奇的事發生，而這次我竟然在酒店後樓梯直播時找到兩層應該是裝修中的樓層，我也是第一次找到這一種沒有運作的樓層，雖然環境也算是陰森恐怖，每間房間亦都可以進入，可惜完全沒有事情發生呢！

直播完結後，我想到了一個很好的主意，這裡很多故事都是賭輸錢而產生，我決定凌晨去賭場決一死戰！贏很好，輸也很好！有影片可以拍，最後結果我是輸了（哭）。原來有影片拍也不太好受，當 YouTuber 真是辛苦（再哭）。我已經把我的意志力降到最低，輸錢加很晚才睡，如果沒有靈異事件發生，那我也沒有辦法！今晚跟平常一樣錄影著我睡覺的情況，看看女鬼會不會現身，而結果是甚麼都沒有發生，只有失眠的我和一張沒有人睡的床。

【香港戒賭中心】

戒賭熱線：(852) 2426 6262

【全球最大飯店】房間數達 7351 間！鬼故多如繁星！！
竟被我意外揭發內有沒運作樓層！！？

2.7

曼谷猛鬼酒店

這一條影片有很多第一次：「第一次去泰國」、「第一次打算不回港」、「第一次同一間酒店連續拍攝三天」，我相信以上幾句大致上都解釋到這趟旅程的決心，如果決定要做就要去盡無悔。曼谷最猛鬼酒店作為起點聽上去應該是不錯吧！因為是第一次去泰國的緣故，加上那段時間東南亞有很多人口販賣的新聞，所以我找了我唯一在泰國認識的朋友到機場接我。

傳聞是用來鎮壓靈體的觀音像

好恐怖

所有房間門都打開了

出發前大家都跟我說泰國天氣很炎熱，但我到達後發現香港好像更熱，應該是因為曼谷比較少高樓大廈。我從來沒有想過一個城市晚上會這麼昏暗，因為香港的光污染是十分嚴重，我在曼谷連路也很看不清楚，幸好有朋友的幫助，我很快便到達了酒店。

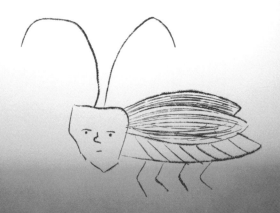

爆炸案怨魂不散

這裡的故事是發生在多年前，當年酒店門外有很多性工作者工作，有一天突然有一輛油車在街上發生爆炸，炸死了很多人。自此以後酒店便流傳晚上會有人敲房間門，但開門後卻沒有人，走廊也常常傳來聲音，也是沒有看到任何人的傳聞。而酒店大堂有一座觀音像，據說是用來鎮壓這裡的靈體。我剛進入房間不到五分鐘，門口突然傳來敲門聲，是已經要發生靈異故事了嗎？我從來沒有遇過這種事，但我開門後真的沒有看到任何人。我懷疑是隔壁房間敲錯門，因為我有留意到隔壁和對面房間都沒有關門，應該是認識的。想不到才剛入住已經發生網上說的情節，不過全晚只發生了一次。

另一個傳聞說在凌晨三點時走廊會傳來女人哭聲，據說是爆炸案的死者仍然陰魂不散。還有曾經有人在酒店附近找性工作者到房間「激戰」，但該性工作者一進去就變成焦屍，嚇得嫖客馬上跑出房間。現在已經應驗了第一個故事，如果傳來女人哭聲就更好，因為這裡房間隔音非常差，不管是人還是鬼，如果錄到哭聲影片會更豐富。

【AP 的話】
我知道有些人對泰國或東南亞有不好的印象，包括以前的我，但其實泰國現在是我最喜歡的國家之一，當地人都很簡單和友善，飲食也十分有質素和便宜。我強烈推薦沒有去過泰國的朋友去一次，泰國真的是一個不錯的地方！

蟑螂來襲

拍攝完房間後我便下去找傳聞中爆炸案的街道，但附近連人都看不到一個，我開始懷疑我是不是去錯了酒店，但大堂真的有一個觀音像，絕對不會錯的。尋找爆炸案街道不果後，我看到了一隻很瘦削的小狗，結果當晚就變成拍攝餵小狗吃雞扒。完結後我便回到房間洗澡睡覺，看看會不會被鬼壓，網上也有人說在這裡被鬼壓，但我是一睡便睡到天亮，畢竟這裡的床其實都挺舒服。我在這裡是入住三個晚上，所以都是休閒拍攝，第一天主要是拍攝房間和街道，第二天就是酒店樓層和設施。我其實在第一天剛剛辦理入住時已經看到通往地牢的樓梯被圍起來，而附近都有很多職員，好像不太方便下去，我還是先拍攝酒店其他部份好了。我逛了幾層好像都沒有甚麼設施可以拍攝，但發現其中一層的房間竟然都沒有關門，全部房間都沒有亮燈，可能這一層是沒有運作，於是我在這裡簡單用狗狗濾鏡拍攝，沒有拍到任何狗臉，第二天就這樣平靜地結束。

來到第三天我決定直接闖進地牢，因為昨晚回房間時，我在大堂看到一個職員，我問他地牢是不是不能下去。他說：「不能，現在太晚，已經關了，明天早上你可以下去。」原來是可以下去的，那意思就是沒有甚麼恐怖東西吧，但我在早上仍然看到樓梯被圍住，不過還是看到有人下去，所以我決定晚上直接走下去就好了，結果下面只是普通的宴會中心，平常應該不對外開放，除了真的有宴會時呢！

【泰國小禁忌】

不能用紅色筆簽名，因為泰國只會在棺材上簽名時使用紅色筆。

最後我回到房間利用儀器測試，甚麼都沒有發現。泰國第一擊十分平靜，我連續三晚拍攝自己睡覺都沒有發現甚麼奇怪東西，只有越來越多的蟑螂，這大概就是靈異人生的另一面。

任何時候都被圍起來的地牢

【邪童遊泰】—上集—
人生第一次去泰國！
當晚即入住曼谷最猛鬼酒店！？

【邪童遊泰】—下集—
人生第一次去泰國！
當晚即入住曼谷最猛鬼酒店！？

2.8

大阪最出名的都市傳說－308室

相傳在大阪有一間非常猛鬼的 308 號酒店房間，經常有人在房間中看到幽靈，而當你睡在床上時會出現兩個頭的嬰兒幽靈看着你。另外，深夜時間，在牆壁上又會有一個禿頭的男人樣子出現，又或者在房間也會突然出現一束綁好的頭髮，更有傳聞說如果在房間中擺放餅乾，一夜之間就會發霉云云。

傳聞中的 308 號房間？

我的房間

但這裡有很多謠言經過日後的查證發現全部都沒有發生過，而我不知道是怎樣去查證？儘管如此，這裡仍然是大阪的一個超級靈異點。

這裡分成四館，網上資料說房間最大機會是在一館，而我正正就是住在一館 3 樓，但不是 8 號房。聽說這裡為了掩人耳目，現在房間號碼都會加上 1 字，例如我的房間就是 1314，十分合適我的數字。一館和二館的 308 我都有去看，但都只是在門外經過，雖然不能入住該房間，但我這一次有準備餅乾，實測到底會不會真的一夜發霉。還有我決定採用自然靈探法，意思就是甚麼都不做，遇到就遇到，大家入住酒店也不會招靈吧？還有我覺得有時候自然反而會有怪事，甚麼方式都試試！反正我很多方式都試過，這一次就順其自然好了。

平常心

【AP 的話】
作出改變並不是壞事，其他人不明白不要緊，最緊要自己知道自己需要做甚麼，為自己人生而活，不為他人閒言閒語。

在床上我開始思考到底拍攝靈探是甚麼一回事，如果甚麼都沒有發生，影片應該要怎樣去表達才比較有趣？以後的路要怎麼走？我不能預計甚麼時候會有靈異事件發生的呢！我也不能每一次只靠故事背景和地點性質作賣點，雖然觀眾們都很清楚拍攝靈異題材不是一件容易的事，但我作為創作者，為了生活和創作，我需要找一個平衡。如果經常都沒有靈異事件，到底我怎麼辦？假的東西我是絕對不能接受，所以我得出一個結論，我需要把生活化的東西融入靈異。我知道再這樣下去就沒有人會想再看我的影片，我自己也不太喜歡這一種平庸的影片，一定要作出改變。

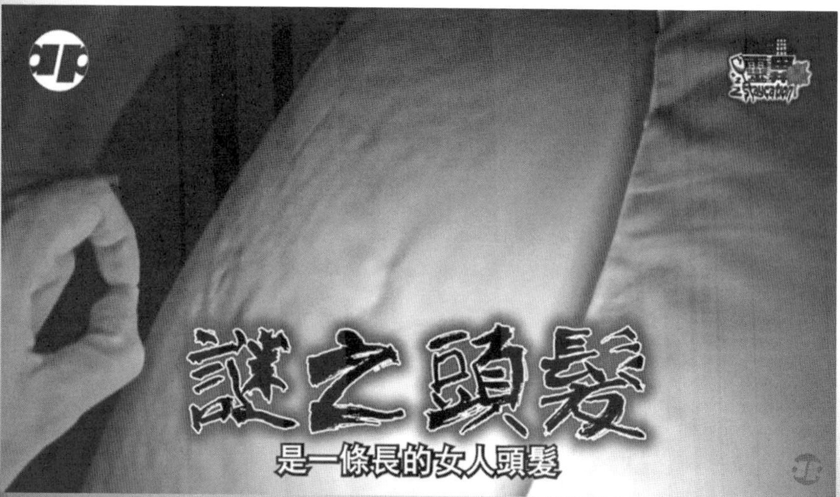

真的有「一條」頭髮

這一種方式我還在摸索當中，希望未來表達手法會更加成熟，繼續保持改變還是應該不改變？言歸正傳，整晚我都沒有事情發生，餅乾也沒有發霉，又是十分平靜的一晚。我在日本遇到幽靈的機率都不高，可能日本幽靈太友善，都不會現身給遊客看（笑）。另外我要解釋一點，大家在影片中看到的花灑突然開水有機會是我去完洗手間洗手後關錯或是開錯一些東西，我也不太確定。這一次的總結是保持自然、靈異融入生活、恐怖又有趣這樣才是真正的有趣。

【見鬼心理學】

美國國家生物技術資訊中心（NCBI）一項研究，讓參加者在做問卷調查之前，先到訪劇院的五個主要區域，以評估他們的感受和看法。在遊覽前，有一組被告知該地點鬧鬼，另一組則被告知該建築正在裝修中。結果，前一組參與者比後一組報告了更多鬧鬼情況，證明利用說話，也可能增加超自然相關的感覺，特別是當那些說話與參加者所感覺到的超自然現象吻合時。

【308 鬧鬼房間】大阪最出名都市傳說之一！
我應該找到確實位置了……

2.9

京都人偶旅館

幾年前有一個電視節目叫《入住請敲門》，主持人會在海外不同的酒店中拍攝靈探，而這一次我來到他們到過的一間和式旅館。旅館位於京都市中心，京都是千年古都，有著無數的都市傳說和鬼故事，是一個名副其實的「鬼城」。而這一間旅館更有五十多年的歷史，對上一次裝修已經是二十多年前，旅館地面樓層擺設了一些日本傳統人偶，聽說是有幽靈依附。雖然環境比較殘舊，但這裡是學校修學旅行的熱門入住地點，人氣都很旺盛。

這裡的故事除了廁所突然沖水、紙門自己打開之外……曾經有一家人在這裡入住，媽媽在房間中把一些零食分好，然後她們出去觀光遊覽，當回到旅館房間時，所有零食竟然都消失了，她們懷疑是有幽靈把零食都拿走，但我更懷疑是不是其中一個人吃掉了沒說呢！最後還有節目組的故事，主持人半夜來到位於地庫的宴會廳靈探，女主持人在這裡近距離聽到幽靈的聲音，而她在過去任何一間酒店從來都沒有聽過類似的聲音。連電視節目都說這裡有幽靈，我很期待這一次可以遇到「它們」。

被幽靈附身的人偶？

沒有人的宴會廳

突然倒塌的怪異聲

簡單拍攝房間過後，我把零食放到桌子上便離開了。因為我要到附近的一個鬧鬼公園實地考察，還有我想跟故事描述一樣外出後回來再看看零食會否消失。所以大概一小時後我再次回到房間，紙門和零食是原封不動，房間一切正常。之後我決定上去其他樓層看看跟地下有沒有分別，其實這裡是有四層加地庫的，我先直接到 4 樓，升降機門打開後竟然是漆黑一片！原來 4 到 2 樓是完全沒有住客的，我開始懷疑旅館是否只有我一人入住，因為到目前為止我好像都沒有看到任何一個住客，但我相信應該是有其他住客的，可能他們都住在地下吧！

地庫是大浴場，傳聞有鬼的宴會廳也在這裡，其實我發現地庫是有好幾個宴會廳的，但不知道哪一個才是。我逐個查看後都沒有甚麼發現，直到看到有一道大門，我通過大門後來到了一個我沒有到過的區域，我看到有很多人在這裡。我不知道他們在做甚麼，由於我在拍攝中，所以沒有管他們。之後我又走到一間像茶水間的房間，突然我身後發出一聲超震撼的巨響，我感到非常害怕呢！因為那個聲音感覺是有甚麼東西倒塌了，反正一定是有事情發生。當我轉頭一看竟然是甚麼都沒有，我馬上離開那個房間，心想終於找到影片的「爆位」了。

【AP 的話】
日本的公眾地方是可以拍攝的，但在私人地方最好先得到同意，就算沒有犯法，尊重他人都是最基本要做到的。

誤當痴漢

之後，我便準備回房間，但我完全找不到回房間的路，對環境的感覺很陌生。我打算上去 2 樓看看是不是跟我早一點拍攝時一樣，通往 2 樓的路必須經過那一堆神秘人，當我經過時還跟他們點頭，他們很奇怪地看著我。我走到樓梯上，突然有兩個男人衝上來問我在做甚麼，我說我在拍攝這一間旅館，他們不斷問拍來是做甚麼？之後其中一人把我的攝錄機拿走。我不斷說我是在記錄自己入住旅館的過程，其中一人大概明白，但另一人比較緊張。後來，旅館職員出現了解情況，最後我終於明白發生甚麼事了，原來我來了旅館的另一邊，這邊是學校預訂了作修學旅行的用途，而 2 樓就是學生入住的地方，那兩個男人是老師來的。

他們應該以為我是甚麼痴漢，拿著攝錄機上去拍攝。日本人是十分保護學生的私隱，所以他們是極度緊張我在這裡做甚麼。經過一輪解釋，他們要求我把拍攝這一面的影片刪除，不論我有沒有拍到學生都好。為了不讓事情變得更加惡劣，加上語言不通，我只好照做，但意味著剛剛拍到的巨響和一些畫面都會沒了，這我也沒辦法，在情在理我亦不是完全沒有做錯，而旅館職員也跟我道歉，因為那道大門不應該是打開的，他帶我回去酒店的另一面後再把門關上，我的靈探就正式宣佈完結。

好可惜，酒店另一面的影片都被刪走了，後來我才知道有方法把影片復原，但應該已經太遲了。回到房間門外，我終於看到其他住客，我在門外的椅子上坐了大概半個小時去消化剛剛發生的事，之後在房間內拍攝完片尾就再沒有事發生。雖然失去了最精彩的部份，但這一次經歷令我在日本往後的拍攝變得更加謹慎和成熟。我竟然可以被人當作痴漢，人生再一次成就解鎖，這是永遠都不會忘記的經歷呢！

傳統和式房間

【痴漢之解說】

痴漢一詞來自日語，意指對女性很著迷，意圖或想性騷擾他人的男性，行為猥瑣，與變態同義。

【京都人偶旅館】入住電視節目所說的鬧鬼旅館！
竟誤闖禁區被當作痴漢！！？差點要坐牢……

第三章

香港區區酒店有鬼古……

3.1
荃灣動物酒店

這一周的「靈異 Staycation」直播，我跟 Dino 來到荃灣區的「動物酒店」，很多觀眾跟我說這裡經常發生靈異事件，但我在網路上只有查到一個故事……

直播期間有觀眾跟我們說 26 到 28 樓是十分「猛」，曾經有女生在 26 和 27 樓輕生。所以我們決定出發到 26 樓。進入 26 樓要從後樓梯，因為不知道是不是特別樓層，我們的房卡是無法到達該層的，還有走廊有部份是關了燈，香港酒店比較少看到會這樣。26 樓感覺像有霧氣一樣，看上去是煙霧彌漫，最重要是我好像看到了一個圓形的黑影在地上鑽進了牆壁中，所以直播完結後我決定進行一次全面的靈探。

請問是不是已經來了？
Have you got here yet?

漆黑的走廊

凶房 2601

我看到「黑影」的位置

接著進了牆
then it got into the wall

聽說 01 跟 43 都是凶房，但 2601 應該是有人入住，而 43 則沒有甚麼特別，我懷疑 26 樓是月租樓層，因為我們看到有一間房間的門貼上了揮春，應該是有人長住的。而我們也在我見到黑影的位置進行了實測，最後發現我看到的黑影也有機會是 Dino，但那一個黑影在地上移動得太流暢，所以我總是覺得應該不是他。之後我們再由後樓梯走到 27、28 樓，而 27 跟 26 樓卻是一樣的樓層，28 樓則是比較高級的套房樓層，看來還是 26 樓比較有氣氛，先在 26 樓的後樓梯間使用靈魂盒子吧！

靈異女聲

我們還沒開始問問題，靈魂盒子已經出現一把很奇怪的聲音，感覺是十分遙遠的叫聲，但完全不像正常人。Dino 問了一句：「這裡是不是有靈體朋友，如果有，請回應。」這時候有一把跟剛剛一樣奇怪的女聲回答「是呀。」那個時候的我從來沒有聽過任何聲音像這一種，應該真的是有靈體在回應我們。當過了一陣子都沒有甚麼回應後，我們到走廊繼續問問題，Dino 跟我說有一邊的走廊看上去好像霧氣比較大，而另一邊則比較清晰。酒店的中央空調系統應該不會太差，室內地方照理不會那麼潮濕，出現霧氣實在是有點奇怪。

靈魂盒子在走廊中只有傳來一下女聲，並沒有得到很明確的回應，但女聲不斷徘徊在我的腦海，究竟是不是在這裡輕生的女生嗎？我很難解釋這一種聲音，大概是像一個很恐怖的機器人在說話，聲音並不是發

【AP 的話】
我知道酒店經常隱瞞事故，有很多酒店業人士都有跟我說過不同的故事，所以空穴來風未必無因。

出完整句子的。在走廊經過這麼久的時間竟然一個住客和職員都沒有看到，酒店內的保安系統都是十分嚴密，很多時候拍攝一陣子就已經出現職員過來查問。這裡推斷一定有一些故事，但因為再沒有得到任何回應，最後我們決定回到房間拍攝結尾部分。

這一次是初期的「靈異 Staycation」，也是我一直為甚麼覺得酒店比很多地方都「猛」的原因之一。我拍攝過很多地方都沒有看見靈體，連懷疑也甚少，但在酒店我是經常遇到靈異事件，也是連懷疑也甚少，因為很多時候都是真的……

【人類以外的靈體】

動物靈，意指動物如飛禽走獸之類其靈魂所演變而成的靈體，是一種低等級的靈，經常被民間信仰假託為神明。另有一種動物靈，吸收日月精氣，長年不死，修煉成精，屬於精怪的一種類別，又可稱作畜牲精，甚至成了某些民間廟宇的供奉對象，往往為人類帶來疾病與災禍。

【靈異 Staycation】進入荃灣鬧鬼酒店的
26 樓！我好像真的看到「它」...

3.2

荃灣最高層酒店

「邪童」這個外號是「鬼王潘紹聰」在他的網台節目《恐怖在線》中開始出現的，因為很多時候我到過的地方都會發生不幸的事，這個形象已經深入民心，很多人見到我時都會叫我邪童，而不幸的事到這一刻仍然持續，祝福正在閱讀此書的你。

這一次的地點是一間位於荃灣的高層酒店，相信大家大概都知道是哪一間，我也來過這裡好幾次，但從來沒有遇過靈異事件。這裡在網路上流傳的故事我不多說了，因為我怕一萬字都不能完結，歡迎大家自行上網搜尋。

當進入房間後我並沒有感到任何不適，除了這裡有一陣臭味，但這個應該與靈異無關。這次我主要是會長期拍攝著房間與廁所，務求可以記錄到每一個靈異時刻。簡單拍攝後，我便準備使用尋龍尺，因為第一次問問題時我忘記打開咪高峰，所以我要重拍一次，但第一次的答案已經是說有靈體在房間內。當我再準備拍攝第二次時，隔壁房間突然傳來一男一女的吵架聲音，大部份內容我都聽不清楚，只聽到女生說：「你是不是要走？你是不是要走？有種你就走！你一走我就跳下去！」隔壁房間的女生是準備要跳樓嗎？平常在酒店都沒有留意到有人吵架，因為大家入住酒店通常都是為了享受，這次竟然隔壁房間有人想跳樓，邪童之力真的是發揮得淋漓盡致。

聲音傳來的位置

房間都尚算寬敞

隔牆爭吵聲

隔壁房間突如其來的吵架令我的靈探計劃完全打亂，以拍攝影片角度來說非常好，那當然我並不希望真的有悲劇發生，所以保持這樣程度的吵架是最好，有「爆位」但沒有人受傷。而大概十五分鐘後，隔壁房間再沒有聲音傳出，女生情緒應該已經穩定了。那我就繼續使用尋龍尺問問題，通常第一次跟第二次的回答應該會是相同的，不過這次尋龍尺是完全沒有移動。我大概知道為甚麼，如果剛剛真的有靈體在房間內，「它」應該會想到隔壁房間看熱鬧（吵架），大家以後如果想房間有靈體，吵架就可以了（笑）。

【AP 的話】
當有事情發生時千萬不要冷言冷語和吃花生，有時候你多走一步可能會挽救到另一個人的人生。

相安無事的我

因為我想拍攝生活化靈探，所以之後我便跟大家開始講解我的睡前美容程序，我覺得跟大家分享多一點生活點滴會比較有趣，頻道可塑性也更大。而當晚其實還有一件奇怪事發生，我不知道是不是有人走錯房間，因為有一刻我聽到有人在開我的門，但很快他便離開了。這一晚好像平常不會發生的都發生了，但最緊要的是大家都平平安安，這一間充滿鬼故事的酒店感覺其實都不太差，起碼價錢不貴，房間不小，只是味道有一點臭而已，能否遇到靈體就看你會不會吵架呢？

【打消做傻事基本法】

化解衝突最簡單的方法就是保持冷靜和道歉，有時候女生不是想要你的解釋，只是簡簡單單一句對不起、一個擁抱、一個吻。真相和面子是重要，但另一半更重要，有甚麼可以待大家冷靜後再討論，吵架時一些無謂的堅持只會將事情惡化，耐心和冷靜是最重要。

【靈異 Staycation】邪童到訪荃灣高層猛鬼酒店！竟差點令隔壁房間發生命案！！？

3.3
西九靈異奇案

在 2022 年發生了一件轟動香港的兇殺案，死者是一名網紅，她失蹤半日後被發現倒斃於西九龍一酒店房間的浴缸內，而兇手正正就是她的前男友。這一間是五星級酒店，其酒吧更是擁有世界最高的天際酒吧健力士世界紀錄名銜。除了這一單兇殺案之外，這裡曾經還發生過女子墮樓案和雙重謀殺案等等……有興趣的朋友可以自行上網搜尋。這一次我是來拍攝影片及《恐怖在線》直播，雖然事隔已經兩周，但有酒店職員私訊告訴我該樓層還沒解封，所以我應該是沒法進入該樓層，但先去看一看吧！

嘉賓 - 探員 X

封閉中的 106 層

而因為這一間酒店曾經也有兩單奇案，所以這次我和《解密工作室》的探員 X 一同前往，嘗試拍攝一條跨越靈異與奇案界的影片，他也對這一單案件很感興趣，實地考察是必須，以細緻程度來說，他絕對可以說是不折不扣的。

我被發現了

簡單分享一下我和探員 X 相識過程，他剛開始拍攝 YouTube 時因為有一些關於廣告價錢的問題，所以他寫了一個電郵給我，我簡單回答幾句後，我們就成為了 YouTube 上的朋友。我不知道這幾句簡單回答對他來說是這麼的重要，因為當時他的訂閱人數不高，他曾問了好幾個他有看的 YouTuber 都沒有得到回應，唯獨只有我回答，自此他經常都會說起這件事，他總是說我是一個謙虛的人，當年沒有因為他的訂閱人數而小看他。其實我經常都會跟觀眾說大家都是人，沒有甚麼區別，我不是一個比其他人尊貴的人，而大家也不要把自己看得太渺小，每一個人都可以活得很優秀。

【AP 的話】

世界那麼大，相識也是緣份。曾是至愛，最後竟演變成這樣。別人的事與我無關，但小弟在此奉勸一句，別把愛當作理所當然，好好珍惜現在擁有的一切。

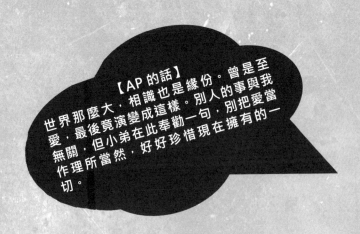

由於這一次可能不能進入該樓層，但我的拍攝手法從來都沒有一個固定模式，都是隨機應變。而我出現在《恐怖在線》的時間主要是第一、三節，就是節目剛開始和最後一節，所以我們先在房間拍攝，當到第三節再出發到事發樓層，不過升降機不可以到達該樓層，我需要從後樓梯慢慢潛入，但後樓梯四處都是攝錄機，應該很快會有職員來找我。

靈異 X 奇案解說

人比鬼更可怕

不幸地，他們還沒來找我，我已經找到他們，我看到在該層的後樓梯間竟然有職員在等待升降機，我馬上又回去房間，想不到四處都是職員呢！當我回到房間外跟 Edmond 討論時，突然有一個黑影出現在我身後，原來是酒店職員拿插座給我，因為早一點的時候我發現我忘記拿插座過來，但當我去樓梯各處拍攝時他沒有來過，當他突然來到我身後，完全沒有發出聲音，當下我差點被他嚇死。他叫我先把房間門打開，我還以為他想確認我是否真的房客。打開門後，他把插座遞給我然後說：「員工通道只限員工進入。」原來他是來傳遞訊息的，酒店已經留意到我的存在，意思是我再不能進入後樓梯間了。

由於沒有其他地方可以去，剩下的時間我和探員 X 在房間中繼續拍攝，尋龍尺指出死者還在酒店內，而尋龍尺對其他答案總是指向海的方向，不知道是代表甚麼？

探員 X 對每件案件的解說和個人意見都令我增加不少對奇案的認知，每一件案件不是單單只是案件而已，裡面藏有很多鮮為人知的故事，還有人性、倫理、道德的問題都非常值得去探討，每一個故事都是人們真實的經歷，我們可以從中學習到很多不同的東西。

這一次跨界拍攝在沒有靈異事件卻有大量奇案分析下完結，也許死者可能還在酒店內，但我不是一名法科師傅，我的能力暫時只可以將一些事情帶給大家知道，待有緣人去幫忙解決。另外，大家請緊記人是比鬼可怕，在此祝願死者一路好走。

【情緒自我調節】

情緒調節是人類生活中非常重要的功能。意思是以一種社會可容忍和足夠靈活的方式，根據一系列情緒做出調整，藉此控制自身的自發反應。此外，它亦可以定義為負責監控、評估和修改情緒反應的過程。

【靈異 Staycation】勇闖西九五星級酒店發生命案的 106 層！靈異奇案怪談夜...房間外竟突然出現神秘男子！！？

3.4
鬼王來料

有一天 Edmond 轉發了一位女觀眾的鬼故事給我，故事大概是她跟男友到一間位於油麻地消防局附近的酒店，但她的男友因為一些事情需要早走，所以晚上房間只剩下她一人。她在電視上觀看靈異節目，當晚的主題是「大埔松仔園」，觀看時她並沒有感到有任何怪事發生，只有在附近不斷傳來消防車的警號聲。後來，她洗澡後便去睡覺，睡覺時她便被鬼壓床，她感覺到有一個男人坐在床邊撫摸著她的臉。幾天之後她無意中發現原來附近的消防局前身是公眾殮房，它的名字是「九龍殮房」，當年松仔園的死難者的遺體正正就是擺放在這裡。是巧合還是與當晚的靈異節目有關？我個人覺得是前者，但哪裡有鬼我就去那，所以這一次我跟 Dino 又出動了。

我們入住的房間是尾房，通常尾房都比較大，但這裡的卻十分細小，打開門口就可以直接上床，完全不像酒店，說是舊式賓館會比較合適，更不用說來這裡是 Staycation 呢！唯一可取之處是當時酒店的餐廳正在推廣榴槤套餐，算是比較特別的賣點。除了房間細小，由於鄰近

1947 年的「九龍殮房」

消防局，所以有時候也會聽到警號聲。而旁邊是一間醫院，醫院也有殮房，所以我們的酒店是被殮房和前殮房包圍，不知道當時的死難者有沒有一些也被分配到這一間醫院。

有體面地犯禁

我們在走廊逛了一圈後並沒有甚麼發現，燈光也不算陰暗，升降機前還擺放了一張梳化讓人等待時休息，十分貼心。回到房間後我們有使用尋龍尺和靈魂盒子，尋龍尺在這裡好像有點不穩定，但它也有指向廁所，可能「它」在廁所吧？因為房間實在太細小，連靈體都沒有空間躲藏？而靈魂盒子好像接收到一把女聲，但直播訊號好像越來越差，我之前也曾經試過每當我想利用靈魂盒子問問題時就會斷線，所以靈體可以影響磁場這一點我是相信的。

【AP 的話】
有人跟我說過靈異是一種集體信念，如果有人想起離世者，「它們」真的會感覺到，當大家都記得「它們」時，「它們」的能量就會越大。

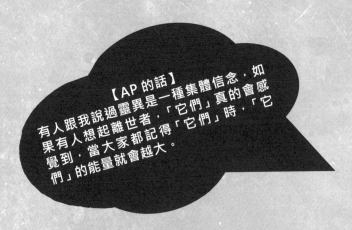

沒有甚麼磁場轉變

一眼見晒「房間」

每一次當沒有靈異事件出現的時候我便會使出渾身解數，播放禁忌歌曲也是我經常會做的事，例如破地獄的音樂、夜夜痴纏等等……而這一次我也這樣做，但還是風平浪靜的。當我知道一些禁忌時，我就會很想去犯禁，因為我是那種很喜歡探索一切的人。當你說這樣不行，我便會想試試到底哪裡不行？但因為我是半個公眾人物，所以有時候我也要找個平衡點，保持尊重與犯禁之間，這樣才可以持久地不務正業（笑）。我不入地獄誰入地獄是我一直保持的心態，越多人反對但不會令人討厭的事就是 YouTuber 越要拍攝的。而這一次我們經歷了四個小時的直播大概在凌晨四點多完結，甚麼都試過，完全沒有靈異事件發生，其實有時候靈探也需要一點點「運」呢！

【松仔園慘劇】

在 1955 年 8 月 28 日的下午約 1 時 30 分，一群師生正在溪澗旁午膳，期間突然下雨，他們走到橋樑的底部避雨，誰知山洪突至，大部分人走避不及，被洪水沖走，遇難者經過大水渠（現為滌濤山）再被沖出大海。事後點算，一共 28 人罹難。事後大埔七約鄉公所立《怒水橋洪流肇禍記》石碑以誌此慘劇。

【靈異 Staycation 直播】鬼王來料｜鬼酒店｜觀眾親身經歷！？

3.5

「它」一直都在

關於靈異酒店的傳聞差不多每隔一段時間都會出現，有些是網民的經歷，有些則是以前已經流傳的故事，而這一次的酒店是屬於前者。有一天我在網路上看到網民說他在將軍澳的一間酒店遇到怪事，事情大概是浴室花灑無端扭開、玻璃門傳來拍打聲、房間燈光突然閃爍。事主入住的房間是尾房，他從房間間隔判斷聲音不會是由其他樓層傳來，酒店職員也前來解釋花灑的問題，而得到的答案就只是漏水而已。但事主強調不是漏水，是開關被扭開，這個動作是需要力氣的，而有其他網民亦表示曾經入住同一房間，也是經常聽到怪聲，其他樓層也有人說遇過靈體，而且是人生的第一次。

既然有這麼多的故事，我當然要去現場見識一下，畢竟網路上的東西都不可盡信，一定要親自查證。當我到達房間時，我立刻看到比靈體更加可怕的東西，在床上竟然有一隻蟑螂寶寶的屍體，要知道這裡也是五星級酒店，床上竟然出現蟑螂屍體，實在有點兒誇張。職員很快便來到房間跟我道歉和更換被鋪，藉此我也詢問他有沒有聽過這裡最近的靈

錄到女聲的位置

異事件，他說：「當然有，那麼多人討論。但都不是真的，只是機件老化。」然後我再問他這裡有沒有其他靈異故事？他用手蓋著自己的名牌並說：「我不把自己當作職員，老實說在這裡工作那麼久，我完全沒有聽過任何靈異故事。」好吧……我也相信他的說話，那我就自己慢慢探索吧！

感覺有「人」存在

雖然他說完全沒有靈異事件，但當我才剛進廁所不久，直播期間已經不斷有人說「剛剛有女聲」。我重播也聽到是十分清晰的女聲，是普通的叫聲而已，而這時直播的氣氛突然因此而變得熱鬧起來。不知道是這裡的靈體還是我帶來的 Mary 頭，可能是「它」想跟大家打招呼

（笑）。在房間中的所有測試都像是有回應，有高靈人士更指出床邊的燈有一個女生在，靈魂盒子也經常傳來女聲。

原本我想利用我另一個頻道「AP｜後眼」去進行雙直播，由於訂閱人數還沒夠一千人，所以這一次改為在 Discord 直播。因為我要出去逛一逛，那房間便會沒有畫面，如果我把另一台手機放在廁所開著 Discord 直播，大家就可以內外都看到了。當我在酒店遊走時，Discord 直播的畫面突然變

【AP 的話】
如果大家遇到跟我類似的經歷，我建議不用拍片的你們馬上離開。錢事小，生命要緊！整天失眠，對身體不好，有可能是酒店的枕頭不適合你（與鬼無關）。

是那個「女生」嗎？

黑，之後我回去查看是不是沒有電還是其他原因，但好像只是訊號突然不佳，聲音還是有的，不知道是不是受到「影響」。

當晚我感覺到很不自在，四處經常傳來怪聲，大家都說有一個「女生」在房間，其實我都好像感覺到有一個「人」在房間，我沒有陰陽眼，只是一種感覺。我以為這種感覺會在直播完結後慢慢消失，時間卻一分一秒過去，這一種感覺仍然十分強烈。我總是覺得在廁所門前有一個「人」在看著我，由凌晨開始直到天亮，甚至到我退房時感覺依然不

Mary 頭也來靈探

變。甚麼感覺也好，通常會隨著時間、倦意而慢慢減少，但這一次直到中午十二點，天都亮了。這種感覺令我十分難受，人生永遠不會忘記這裡，那一種無形的壓力，難怪有精神病人說看到靈體，可能根本是真的！而到底是心理作用還是真的有靈體，你覺得呢……？

【令人不安的酒店尾房】

傳聞尾房較易積聚陰氣，比較大機會遇到靈體。而尾房在走廊盡頭也比較不方便，所以很多人也不喜歡入住尾房。

【靈異 Staycation 直播】網上瘋傳鬧鬼的將軍澳酒店 ... | 一起來過一晚 ...

3.6
Hello Kitty藏屍案

現在還有很多人喜歡 Hello Kitty 嗎？我對 Hello Kitty 其實是有童年陰影的，可能很多香港人也跟我一樣，每當看到 Hello Kitty 時就會想起當年慘絕人寰的 Hello Kitty 藏屍案。這是一宗發生在 1999 年的命案，23 歲女死者被禁錮在尖沙咀一幢唐樓的 3B 單位中，她遭到多番虐待後傷重死亡，死後被肢解、烹屍，頭顱更被塞進一個 Hello Kitty 洋娃娃頭部位置內，而事發唐樓在 2012 年已經拆卸，並在 2016 年重建成一間酒店。

話說在我大概 20 歲的時候，我跟一些朋友也會經常去靈探，因為大家都覺得很有趣和刺激。有一天，朋友跟我說要帶我去一個地方，我記得是一棟在尖沙咀的荒廢唐樓，整棟唐樓都漆黑一片。我們三人走到一個單位前，但大門已經被鎖上了，朋友問我：「知不知道這裡是甚麼地方？」我戰戰兢兢地回答不知道，他說：「這裡就是 Hello Kitty 藏屍案的單位！」那個時候的我對靈探是又怕又要去，所以聽到這裡是那個單位時，我頓時變得十分緊張。幸好我們進不了去，聽他們說大門之

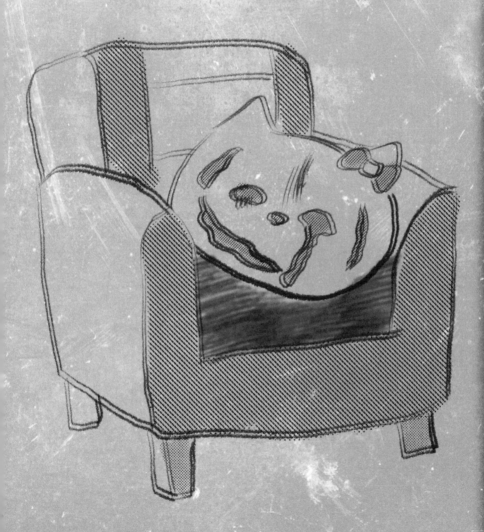

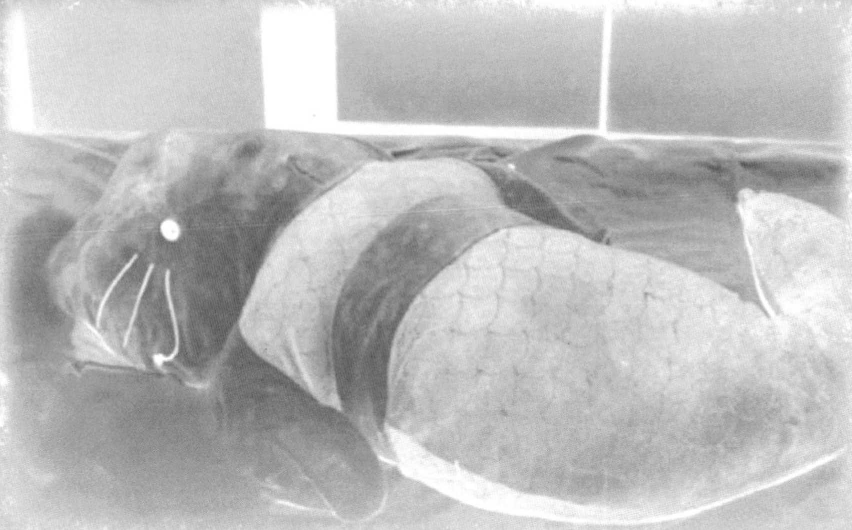

案件中的 Hello Kitty

前是打開的，裡面還有一個浴缸，而女死者正正是在浴缸被肢解。朋友對我開玩笑說：「如果我能在這個浴缸睡一晚，我就給你一千元。」我說：「不用了，謝謝。」但如果是現在的我應該會說：「發達了，謝謝。」

當年今日的3樓現場

所以我很久以前已經到過這個地方，但事隔多年已經面目全非，我不覺得死者還會留在現場。由於這裡的故事背景，我跟 Dino 還是來了。到達後我們發現 1、2 樓都是餐廳，唐 3 樓應該是 2 樓，就算事發單位真的是在 3 樓，但現在的 3 樓已經變成了酒店登記入住的地方。這樣的情況下我們決定留在房間靜觀其變，酒店十分細小，我們根本沒有其他地方可以去，那只好在房間接聽一下觀眾的電話好了。因為我相信靈體朋友也喜歡聽鬼故事，當有人提起「它們」，可能「它們」便會靠近過來一起聽，靈界應該沒有甚麼娛樂吧？

接過數個觀眾電話過後，我們便把房間的燈關掉，嘗試將恐怖氣氛推到極限。我對空氣表明我們的來意，希望這裡的靈體會跟我們溝通。

唐樓已改建為酒店

有「反應」的 Dino

當打開靈魂盒子後幾分鐘，此時的 Dino 身體突然有些反應，我看到他的眼睛慢慢開始閉上，可能是因為靈魂盒子沒有甚麼反應，他想睡了（笑）。此時已經差不多凌晨三點，整體都沒有甚麼事情發生過，我已經盡力，還是沒有靈體朋友的回應。算了，有些事不能強求，我已經把氣氛控制得算不錯。其實很多時候的靈探真的沒有甚麼會發生，但如果把直播氣氛控制得好，大家看得高興，這樣才是最重要。好吧，我們下一次繼續加油找靈體！

【AP 的話】

我相信犯案人可以做出如此喪盡天良的行為，毒品應該也是其中之一的催化劑。大家千萬不要尋求一時的快感而吸食，毒品對我們的壞處遠比我們想像中大，大家不要因此共赴黃泉。向毒品說不！你我齊做到！ Yeah！

【香港轟動一時藏屍案】

1999 年發生的 Hello Kitty 藏屍案可謂無人不知，及後此案件亦曾被改編成不少電影和電視劇，例如 2000 年的電影《人頭豆腐湯》、2001 年的《烹屍之喪盡天良》亦有引入相關情節、亞視劇集《危險人物》「人頭公仔頭」篇、無綫劇集《刑警》「童黨烤屍」單元等。

【靈異 Staycation 直播】HelloKitty ｜命案｜
酒店原址 FT. @lowtechshow

3.7
殯儀館旁邊的酒店

每週都要找酒店拍攝《靈異 Staycation》直播，有時候找尋地方都令我很苦惱，不管有沒有鬼故事，只要有一點點與靈異有關，我都會把它記錄下來。在北角有一間殯儀館，殯儀館旁邊是一間四星級酒店，這樣的組合很適合靈探。我也不太記得這裡有沒有甚麼故事，但如果殯儀館是在旁邊，那怕它是外星人基地，這裡一定會有靈體。

這一次我也拿了「Rem Pod」，它是一個能感應周遭範圍有沒有東西靠近的機器，但它能感應的範圍只限自身一米內，所以如果它發出響聲，意思就是有「東西」在它旁邊。除了找地方外，增加工具和表達手法的運用也是我每天都在思考的，我之前也在酒店使用過好幾次，但它從來沒有發出過任何聲音。

Rem Pod突然發聲

來到酒店房間後我便把它放在我身後的背包旁邊，然後我便跟平常一樣跟大家聊天，都是一些家常便話，完全沒有靈異成份。但突然之間

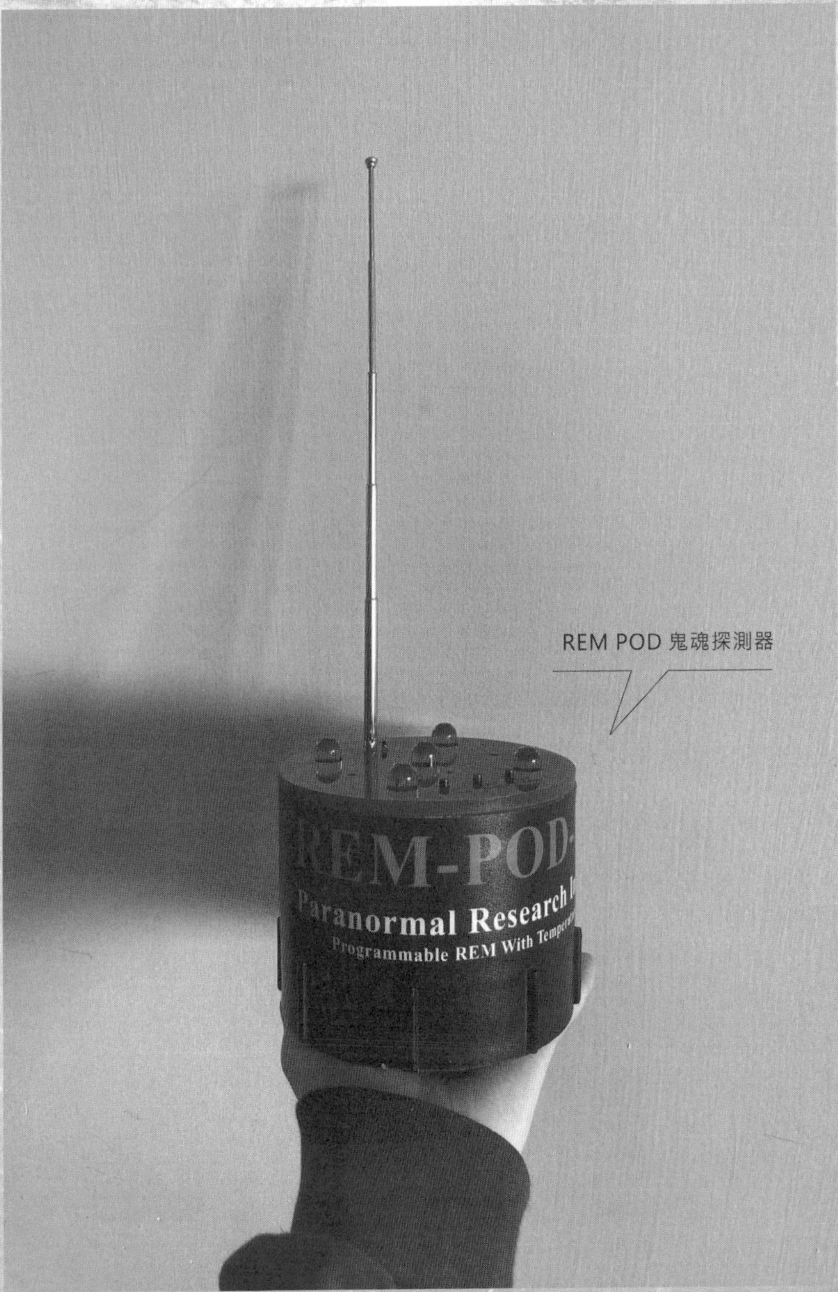

REM POD 鬼魂探測器

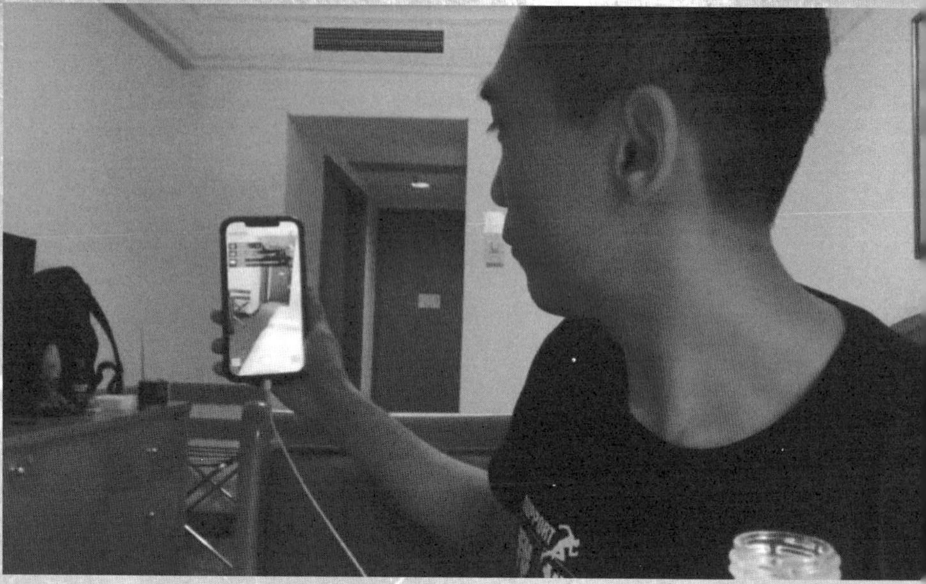

Rem Pod 突然有反應

「Rem Pod」發出響聲，這是我第一次聽到！台灣有一個靈異頻道跟我說這個機器從來都不會響，騙人的，但我已經證實到它真的是有作用！我馬上拿出手機使用「火柴人」App 去看看有沒有人形的東西在旁邊，不過是完全沒有發現。響聲很快便停止了，直播間仍然沉醉於剛剛發生的事，有些人跟我說「它」在廁所，所以我便走到廁所查看。不知道是不是因為廁所的訊號接收得比較差，直播畫面突然變得不太流暢，但我還是沒有發現到甚麼，可能「它」已經離開房間了。

這一下響聲已經令我跟在看直播的觀眾熱血沸騰，那應該差不多是時候出發到殯儀館了，雖然我知道一定不能進去，但在門外逛一逛也是有作用的，因為可能會有「朋友」跟我回去，然後那房間便可以充滿靈體（笑）。當我到達殯儀館的大門前，竟然發現大門微微打開了，從門罅中可以看到漆黑的靈堂，我拉近鏡頭給大家看看深夜的靈堂，大家也覺得十分驚訝，為甚麼殯儀館的大門竟然沒有完全關上的呢？直播就是這樣，經常都有一些自然又有趣的事情發生，畢竟因為我是邪童（笑），我甚至看到殯儀館內的梳化上有一個職員在睡覺，難怪大家說殯儀從業員看上去總是面色灰暗，我從門外已經感覺到裡面的冷氣，真的跟雪櫃差不多，他還要在這裡睡覺，真的是辛苦了。

與死人對話

完成「殯儀館」的旅程後，我在酒店旁邊發現了一條神秘的樓梯，反正探索神秘的事物是我嚮往的，那我便決定從這裡進去酒店，最後發現原來是員工通道。我是不能從這裡進去的，但我成功把直播的時間延長了十分鐘（笑）。回到房間後，我便打開靈魂盒子，跟平常的回應一樣都不多，但每個回應都令我喜出望外。因為早一陣子我好像聽到有一把女聲，所以我問「剛剛是不是有一個女士在說話？」而靈魂盒子竟然傳出了一把很清晰

靈堂的門打開了

的男聲說「有」，我馬上問大家聽不聽到？是不是我對號入座？此時靈魂盒子再次傳出另一把也是十分清晰的女聲說「不是」。哇！我現在再看一次也雞皮疙瘩，但事情還沒結束……「Rem Pod」再來一個神助攻，它突然響起來！實在太巧合了，一定是有靈體，不然我就沒法解釋了。雖然響聲只有幾秒，亦都是當晚最後一次的響聲。其實之後還有很多回應，但聽上去實在不太清楚，所以我先不說了，有興趣的讀者請自行觀看影片，我只能說這一次是十分成功的「靈異 Staycation」。

這樣的情況其實很少發生，我認為是十分難能可貴，如果我們真的可以和死去的人們對話，那怕只有一次，絕對是畢生難忘的經歷。我認為自己已經和「它們」對話過，靈魂盒子的聲音，有時候真的是來自另一個世界，我深信靈界是確實存在。

有一些研究指出，我們可能在二十年內能與靈體溝通，不知道那個時候世界會是怎樣，如果真的發生了，那我就不用再寫靈探經歷，因為大家每一天都能往返靈界，甚至可能我們會到另一個世界工作，不知道孟婆缺不缺料理助手呢？

酒店的神秘樓梯

【AP 的話】
有時候的靈異事件只是巧合，但很多時候都真的是有靈體。

【傳統殮殯奠饌禮儀】

喪禮是處理死者殮殯奠饌的禮儀，古代屬於「凶禮」之一。傳統中國人對喪禮非常著重，一旦親人斷氣離世後，家屬就會替遺體淨身整容，並穿上壽衣，是為小殮。然後，親屬會奔走相告所有散居各地的親友及左鄰右里，是為報喪。親朋戚友趕赴先人家中祭祀，是為奔喪。之後，先人遺體通常會停留三天或以上，期間子孫後輩需要守靈，直至大殮出殯。先人遺體下葬後，整個儀式才算基本完成。

【靈異 Staycation 直播】殯儀館旁邊的酒店...（下）

3.8
沙田驚魂

這是一個十分懷舊的題目名字，以前我閱讀一些靈異書籍時，總會有幾個故事叫甚麼甚麼驚魂，想不到我竟然可以用到這一個名字。不知道是甚麼原因，好像經常都聽到沙田的酒店鬼故事，除了酒店我都想不到在沙田可以到哪裡靈探。這一次要去的酒店我們簡稱為「城門河酒店」，它是位於沙田城門河附近，而城門河本身也是一個靈異點。以前的城門河被稱為「臭河」，因為水源污染的關係，所以總是臭氣熏天。沙田人更戲稱「掉進河裡不會浸死，但會臭死！」，據知河中曾兩度發

暴風中的沙田

現人體殘肢，自此以後就常常傳出有女鬼徘徊城門河的靈異故事，而紅衣無頭無腳女鬼和城門河白衣女鬼最為著名。

這一次的酒店也是來頭十足，除了曾經發生過「哥羅芳迷姦致死案」外，還有一個令人驚駭的鬼故事。曾有在該酒店工作的員工，發現某房間住客，連續三天都掛上「請勿打擾」的門牌，最後打開房門時，竟發現一位客人於酒店內自殺，他以剪刀插頸，血濺到整間房都是。自此就常有傳說，不論是住客或工作人員，都會在走廊上遇見一個全身是血的人飛快跑過！我心中有一個疑問，到底「它」要跑到哪裡？但先不管這個，其實這裡還有很多命案，網上誇張一點的說法就是「被詛咒的酒店」。

狂風暴雨七小時

曾經有觀眾告訴我打風時會更容易遇到靈體，雖然我不知道是真還是假，但這個晚上正正就是暴風雨前夕，酒店附近四處都水浸，城門河水更加有接近氾濫的情況，如

「細心聆聽」觀眾鬼故事的Dino

果現在河裡還有人體殘肢，那可能會直接湧到街上(汗)。由於天氣惡劣關係我很晚才到達酒店，而Dino因為工作緣故一早已經在房間，我們的開場只是講述沙田的鬼故事跟命案已經花了接近一個小時。這一次Dino準備了一塊西洋通靈板，但是他竟然是完全不會玩，我們嘗試了一次，盤子卻完全沒有動，自那天起我再沒有見過這塊通靈板。

【AP 的話】
建議打風時留在家中觀看我的影片，不要外出靈探。如有靈探需要，請自行在家中進行碟仙，應該很快會有靈體到訪。

當晚我已經出盡法寶，嘗試在充滿鬼故事的沙田打響名堂，把地獄的所有妖魔鬼怪都召喚出來！我甚至把房間燈關掉，靈魂盒子也沒有任何回應。現在回想我都不知道為甚麼我們沒有在酒店的其他地方逛一逛，不然我們就有機會可以遇到全身是血的人飛快跑過。之後，我們接聽觀眾分享鬼故事的電話到天亮，我們直播了接近七個小時，天文台說颱風最接近的時間是早上，但早上看起來風平浪靜，看來最靈異還是天文台。我們由晚上直播到天亮都沒有任何靈異事件發

西洋通靈板

生，沙田的鬼故事在當晚真的只是故事而已。

早上六點還有五百多人在直播間，雖然不知道有多少人已經睡著了，但還是十分感謝各位的支持！花七個小時去聽我們不務正業，每個人的時間也很寶貴，而大家也選擇花時間在我們的直播上，我實在無以為報！我會繼續努力找出沙田最靈異的地方！

【哥羅芳迷姦致死案】

作案人於酒店以哥羅芳迷姦受害人，過程中因施藥過量致受害人死亡。警方後來在其家中搜出 29 盒錄影帶，當中涉及暴力與性侵犯，男主角都是同一人，女主角涉及多人，皆呈昏迷狀態。當時市民有些「聞哥羅芳色變」。這也只是云云「迷暈黨」中的其中一種。

【靈異 Staycation 直播】暴雨中的沙田｜都市異聞通靈夜｜AP 人生 FT. @lowtechshow

3.9

充滿怨念的房間

天水圍曾經被稱為「悲情城市」，由於貧窮人口眾多，倫常慘劇也是平常事。這一次的酒店也算是天水圍的縮影，在這裡發生的命案多不勝數，主要以輕生為主。大家都說輕生離開的人怨氣十分重，還會每天重複經歷輕生時的情況，但我對這個說法存有懷疑。由於這裡發生了很多不幸的事，我更加需要來這裡靈探，因為我相信「它們」一定有很多未了事，看看我有沒有甚麼東西可以幫到「它們」。

三機齊開增加準成率

當我跟 Dino 來到酒店大堂時，我發現這裡是分開酒店跟月租，而前往房間的升降機是不用拍卡的，所以這裡很多搶劫案件，真的是人比鬼可怕。房間是挺大的，但因為天水圍對我們實在有點遙遠，不然其實住在這裡也不錯。我是一個對 Web3.0 很感興趣的人，所以連靈異直播都會聊到加密貨幣，甚麼也跟大家聊一聊。

房間充滿著「磁場」

「火柴人」同時有反應

開場也是跟平常不同，這一次的工具主要使用「磁場探測機」，只要現場出現磁場變化或是有電流，機器上的小燈泡就會亮起。我們兩人總共有三部磁場機，不知道是不是牆身中有一些通電的東西，房間磁場都十分混亂，在很多地方都探測到磁場變化。但通常沒有磁場的地方，機器會保持靜止，如果它突然出現反應，那就有可能是有一些我們看不到的「東西」出現了。

沒有靈體並不重要

反應是有的，但很難確定房間中的混亂磁場來源，我們決定在酒店四處遊走，畢竟這裡不同樓層都發生過輕生事件。這一間應該是我們住過最陰暗的酒店，走廊跟恐怖片一樣，大堂有很多住客，樓層卻沒有碰到任何人，但「火柴人」倒是很多。磁場不單只是出現在房間中，連走廊四處都可以感應到。你可以說是因為酒店牆身中都是電線，不過在其他酒店卻從沒發生過同樣事情。曾經有一名女士在 25 樓燒炭而輕生，我們也在該層徘徊了很久，觀眾們都說看到有靈體跑進了房間，我們當然是看不到的。我們又繼續保持職責去拍給大家看，很多觀眾自稱擁有陰陽眼，那就交給他們跟大家解說吧！

我開始發現當那一間酒店的故事說得越厲害就越沒有事情發生，越普通的背景就越容易遇到靈體。這一次並沒有甚麼怪聲，又是一個十分平靜的晚上，那我們就跟觀眾聊天幾小時吧！以前的直播當沒有靈異事件時，我們便會跟觀眾聊天，有時候是幾小時，有時候直到天亮。雖然這是靈異直播，但我相信觀眾們只是想休閒娛樂一下，不管你說甚麼、做甚麼，他們只想在家中聽到一些聲音。我也曾經經歷過當別人的直播完結時，我感到十分空虛，好

【AP 的話】
有些東西有時候真的是注定的，但有一個方法可以逆轉一切，就是你不相信是注定的（笑）。

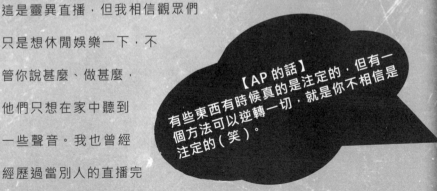

磁場探測器

像突然失去了甚麼似的。所以我很明白觀眾的感受，我認為 YouTuber 最重要是同理心，找到大家的需求和自己喜好的平衡點，那不管你做甚麼都會有人看！最緊要不要迷失自我！

【中陰身解說】

中有（梵文：antarãbhava, अन्तरभाव，藏文：bardo），又稱作中陰、中蘊、中有身、中陰身，佛教術語，意指生命在死亡之後，到下一期生命開始之前的中間存在狀態。類似於一般所說的靈魂、鬼魂、魂魄、元神、細微身等，但佛教對此獨有微妙見解，有自己的理論解說，不承認一般「永恆靈魂」的說法。

【靈異 Staycation 直播】天水圍 | 冤情 | 酒店 | AP 人生 FT. @lowtechshow

3.10
農曆七月

每一年的農曆七月都令我熱血沸騰，總是有種莫名其妙的興奮感覺，可能我已經被靈體附身了。

這一周我們決定去我以前已經來過的地方，上一次是因為我忘記拿屋企鑰匙，所以來這間酒店入住了一天。當時沒有留意這裡有沒有鬼故事，我平靜地渡過了一個晚上。但這一次是因為觀眾的電郵，他說：「上個月 Staycation 入住了一間門號 16 號的房間，房間都不錯，隔局

有趣的建築設計

是T字形。一進房門就是廁所，只有一張大床，轉左到盡頭是衣櫃，轉右是梳妝台，中間是貴妃椅和座地燈。老婆說當我在廁所時，突然感覺到床尾有人坐了下來，因為覺得床凹陷了。最奇怪的是在準備睡覺時，關燈不夠幾分鐘就聽到衣櫃方向有把女聲『哎呀』一聲！我們兩人都清楚聽到，而我們房間旁邊是沒有其他房間，只有一間雜物房。所以我肯定衣櫃有古怪。關燈後的衣櫃和梳妝台看上去特別陰暗，最後我拿出一道符就平安渡過當晚。」十分真實的故事，但到底這一位觀眾為甚麼要隨身帶符呢（笑）？那農曆七月的酒店房間到底會不會出現更多靈體呢？讓我們一起來到這一間位於尖東的五星級酒店看看吧！

第一次入住的房間

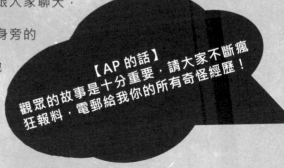

由於以前已經來過一次，心情都十分平和，況且上次都沒有怪事發生。我們開始直播前有跟酒店要一些日用品，當職員拿東西來房間時，我把門打開後，職員馬上說：「AP！你終於來了！」原來職員是觀眾，那我當然馬上跟他查探這裡的鬼故事，他跟我說了幾個故事，但因為靈探相距至今已經過了很久，我已經忘記了。不要緊，讓我們來親身經歷吧！這次我們的房型跟觀眾說的不一樣，房間是小小的一間，沒有甚麼活動空間可言。我們是坐著跟大家聊天，分享各人的鬼故事，而此時身旁的 Dino 似乎被鬼附身了，但他其實是被餓鬼附身（笑），所以我們出去附近的便利店買東西吃。

【AP 的話】
觀眾的故事是十分重要，請大家不斷瘋狂報料，電郵給我你的所有奇怪經歷！

尊重靈體也尊重別人

回來後，我們繼續不務正業，有很多觀眾都已經很熟悉我們直播的套路，打電話給我們分享鬼故已經是日常生活的一部分。不過在這裡跟大家說幾句，我知道有些人不太會分享，而大家在網絡世界說的話都不用負責任，言論自由是很重要，但人與人之間的尊重同樣重要。如果真的不喜歡聽，其實可以說「謝謝分享！」不一定要說一些難聽的話，能鼓起勇氣打上來分享已經很值得鼓勵。

說到這裡我仍然沒有帶出靈異部份，大家大概也明白因為真的沒有特別事情發生。當接聽完電話後，我們也使用了靈魂盒子，同樣地，都沒有甚麼令我很深刻的回應。所以我最後把這個靈異直播變成了一個搞笑直播，我把房間燈關掉，然後利用其他顏色的燈射在臉上，那看上去會比較恐怖，可惜覺得搞笑的人似乎比較多（笑）。當下的我，再翻看一次也回心微笑了一下，因為要撰寫這本書的原故，我重溫了很多之前的直播，真的十分懷念那個時候的酒店直播，現在都是拍攝影片比較多，希望未來可以再跟大家在「靈異 Staycation」直播見面！

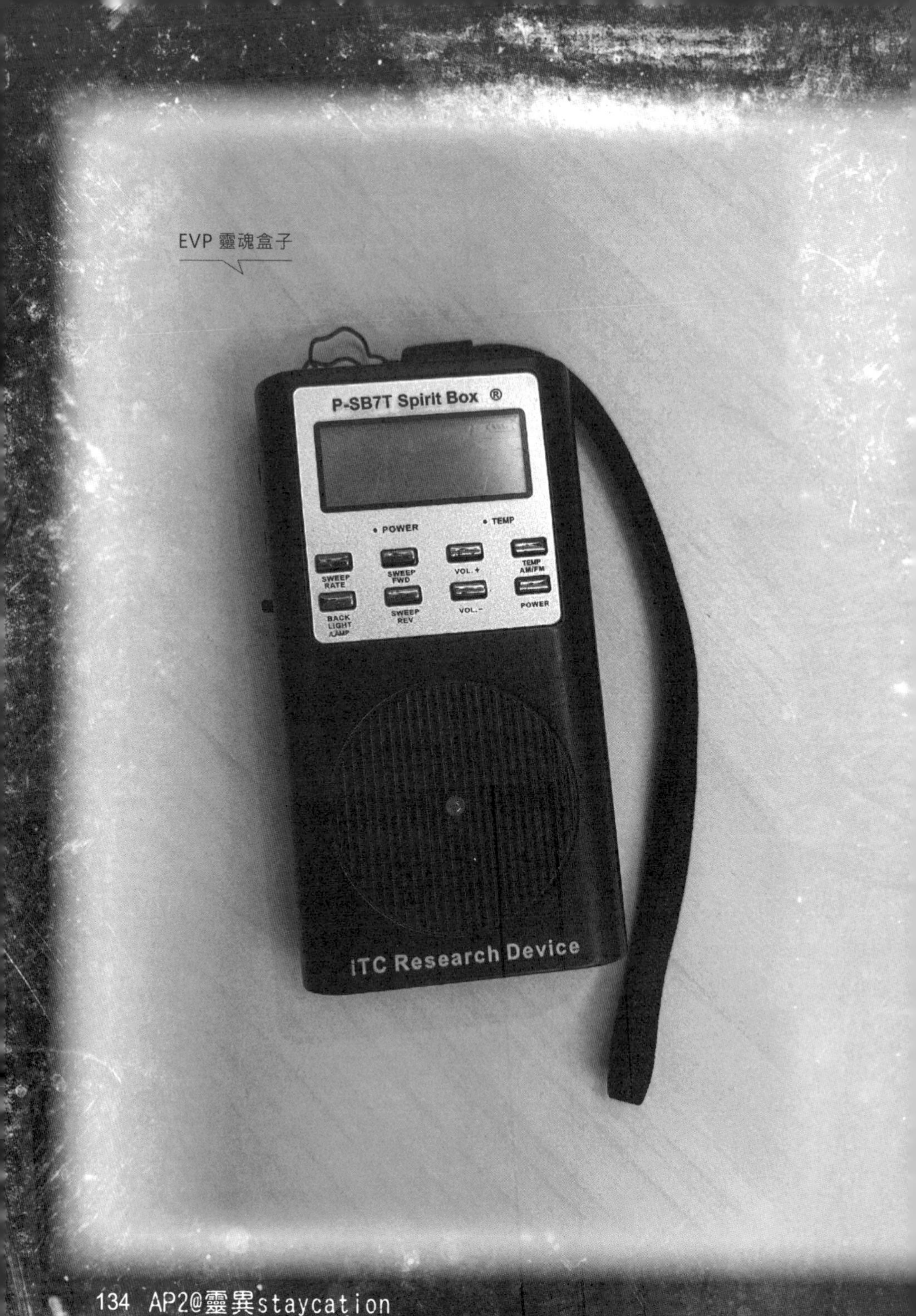
P-SB7T Spirit Box ®
POWER
TEMP
SWEEP RATE
SWEEP FWD
VOL. +
TEMP AM/FM
BACK LIGHT /LAMP
SWEEP REV
VOL.-
POWER
ITC Research Device
EVP 靈魂盒子

【農曆 7 月又名鬼月】

農曆七月也稱瓜月，俗稱鬼月，為農曆一年的第七個月份，在中國是秋季最炎熱的時候，孟秋，蘭月，建申之月，律中夷則，以處暑為中氣，又稱巧月、瓜月。 在日本稱呼農曆七月為「文月」，有「寫文披掛」、「稻子含穗」等意思。

【靈異 Staycation 直播】香港酒店大砍價！？突發測試尖沙咀五星級酒店！一晚雙人房只需 600$ ！？

【靈異 Staycation 直播】農曆七月！觀眾的親身撞鬼經歷 !! 我以前也來過這裡面 !?!?

3.11
酒店秘聞

從事 YouTube 數年的時間認識到各行各業的人，當然包括酒店業界人士。這一次的報料人曾在一間位於銅鑼灣維多利亞公園附近的五星級酒店內工作，想不到竟然是我最熟悉的地方。我可以說是在維園長大的，從小時候我就在維園玩滑板和打籃球，想不到小時候每天看到的酒店竟然有這一件秘聞！

另外大家可能都聽過 80 年代的「狐仙顯靈事件」和 90 年代的「維園銅鏡女鬼」，這些都市傳說是發生在酒店附近，連狐仙都要降臨在這一帶，銅鑼灣果然是福地！現今社會已經很少聽到這些東西，我也很想目擊一次。香港的懷舊鬼故跟都市傳說都令我很著迷，疑幻疑真的情節卻又那麼的貼地，故事說的我都能幻想到，甚至可以到訪現場查探，這些元素成就了一個又一個的靈異經典！

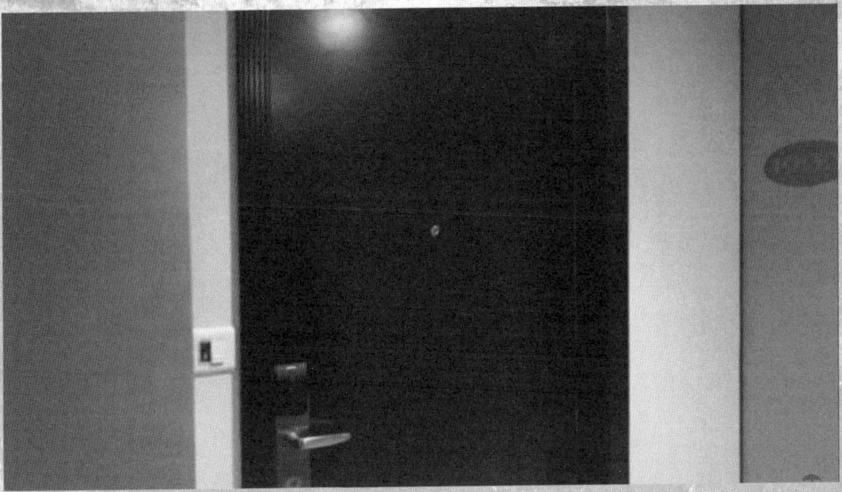

觀眾說鬧鬼的 1902 號房

我先跟大家說一說故事背景，朋友以前是在這裡當房務員，有一天他在整理某房間時，突然有一個「人」從房間廁所裡面衝出來再跑向他，而當這個「人」靠近時就瞬間消失了。他馬上跑出房間告訴同事剛剛的事，同事說：「你剛剛整理的房間很『厲害』的！之前有一個日本人喝醉酒，在房間浴缸中被熱水淥死了。」而這件事故並沒有在任何新聞報道中出現過，聽說因為酒店有一些方法可以低調處理，直接通報後就可以把遺體運走。以上就是朋友在這裡工作時的經歷。

廁格內的「人」

我在這裡也有一個經歷，但不是在房間中，而是在樓下自助餐廳旁邊的廁所中發生。因為酒店廁所都很乾淨，所以有時候在銅鑼灣我都會選擇去這個廁所，而有一天當我在這個廁所洗手時，身後突然有一個小朋友笑著跑進來，然後把門關上，再把手按著門，我從鏡中可以看到他應該是在躲避甚麼，我想應該是跟家人玩耍吧！突然間，廁所中傳來一把男人聲：「喂，小朋友！不要在這裡玩耍。」

我跟小朋友同時間展露出十分驚慌的神情，他左看右看然後開門離開廁所。他四處看的原因是因為他不知道說話的人在哪，而我在廁所已

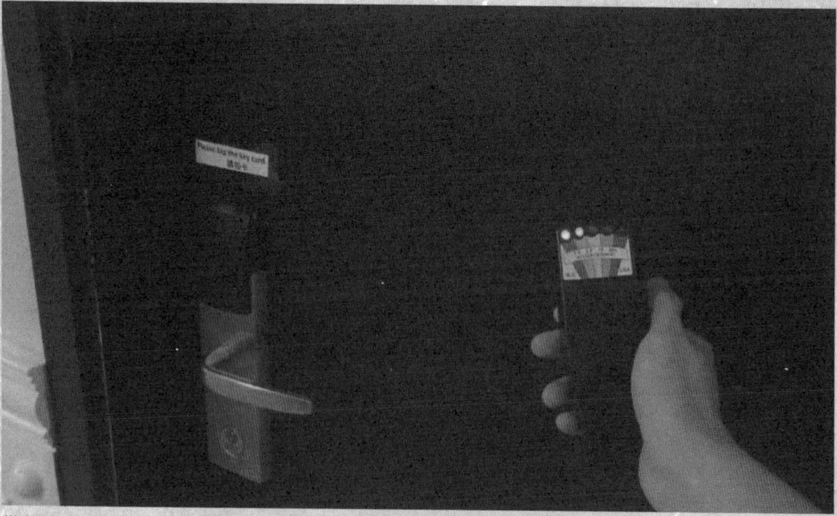

當年事發廁所也有反應

經好一陣子，我完全沒有看到任何人，到底是誰在說話？我離開時發現到某一廁格的門是鎖上的，不知道裡面有沒有人。小朋友沒有發出過任何笑聲，如果廁格有人，那為甚麼他會知道有小朋友進來？我都沒有看到他有把門打開，總之我覺得廁所應該是沒有人的。我也有懷疑過聲音是不是從外面傳來，所以我馬上跑出去看看那個小朋友的家人中有沒有男生，但結果是三個女生，經過多年我都沒有辦法解釋這一件事。

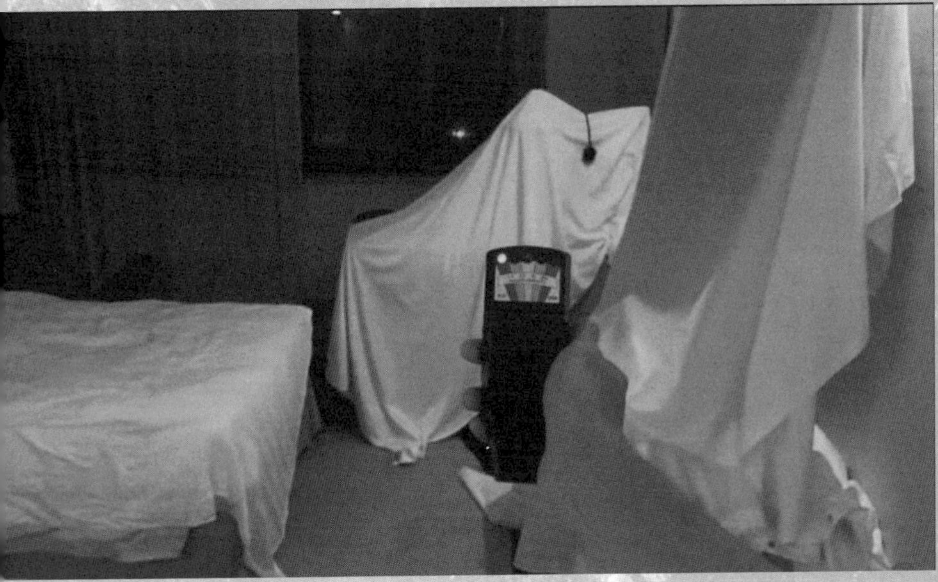

雜物房？

> 【AP 的話】
> 從前的我入住酒店時都會關燈睡覺，但現在的我知道靈體不是這麼簡單，所以我總是會亮起一點點光才可以入睡，這是職業病嗎（笑）？

被叫出名字

在這麼厲害的故事背景下，當然連開場都不會讓人失望，我們當晚連房間都還沒到達已經發生一件有趣的事。走廊中某一房間的門竟然沒有鎖上，我把門打開後，感覺到超強的冷氣，跟雪櫃一樣的感覺，而這裡是有被使用過的痕跡，家具都被白布蓋上了，不知道是甚麼的原因。當時「磁場探測機」在這裡有反應，但之後直播時有自稱現任職員的觀眾說這裡只是雜物房，真相真的不得而知。

當晚 Dino 比我更早到達房間，他跟我說他在電視前看到有白煙飄過，但我覺得可能是他剛睡醒看錯而已。靈魂盒子在這裡有很多不同的回應，有一句出現了很多次，就是「AP」！很多次都好像聽到我的名字，可能只是聽上去比較像？而這一次也少有地錄到怪聲，當我想走到廁所時，直播錄到一把女人笑聲，距離好像只是在我旁邊而已，十分近！絕對不是 Dino，聲音和距離都不對。我們繼續嘗試溝通，但除了叫「AP」之外好像都沒有聽到甚麼，想不到我在靈界已經打響名堂（笑）！

入住的1902房

雖然發生了這麼多事，但「Rem Pod」卻完全沒有反應，聲音倒是很多。另外我們也回到了當年聽到男人聲的廁所，但現在廁所已經需要拍卡才可以進入，所以我們只能在門外探測一下磁場，門外是有一些很微弱的磁場，可能因為門上的電子鎖吧。短短四小時我嘗試挑戰一切，直播間有人說 1902 是鬧鬼房間，雖然我知道應該不會找到甚麼，但還是先去看看，只要有一絲希望都要去！而房間最後好像是有人入住中。

靈探終於完了，凌晨四點半！甚麼都嘗試過，哪裡都去過，甚麼都錄到，要有的都有了，除了真的拍到靈體之外。錄到女聲是最令我感到高興和意外，這一種聲音如果在影片上出現，有些人可能會說是假的，但在直播時發生可信性就會大大提高。絕對不會是假的，通常都是錄到但聽不到，可能是我們耳朵頻率的關係，有些人應該是可以聽到的。真的太神奇，房間內沒有女生卻有女聲，你還可以分辨出距離，這一次是證明靈界存在的有力證據，起碼我是這樣想的。希望未來可以聽到一句「它們」完整的說話或是現身叫我一聲「AP」（笑）。

【狐仙顯靈事件】

據說在 1981 年，當時的香港溫莎公爵大廈出現都市傳說，指大廈地下正門口牆上雲石出現狐仙圖案的花紋，使該商場被指有狐狸精，迅即成為當時香港媒體炒作數天的焦點，也吸引許多人到該商場捕捉「狐狸精」的蹤影，最終商場換掉那塊貌似狐臉圖案、被指「有狐狸精附體」的雲石，事件才慢慢平靜下來。

【靈異 Staycation 直播】前職員爆料！命案房間到底在哪呢！！？｜AP 人生 FT. @lowtechshow

3.12

棺材街

舊時灣仔天樂里一帶主要殯儀店為多，「天樂」有早登西天極樂之意，現在的天樂里已經完全沒有與殯儀有關的店鋪，但天樂里這個名字卻一直沿用至今。而在此區附近有一間酒店令我印象非常深刻，酒店大門總是站著很多打扮性感、身材高挑的女士，每次經過酒店大門都令我感到十分心寒，不過這不是我來這裡的原因(笑)。當年這裡附近都是殯儀店，那或多或少是跟靈異扯上關係，所以這一次的主題是鬼故分享夜，基於我們沒有找到關於這裡的鬼故事，更何況要有人遇到才有鬼故事，那不如就由我們創造吧！

像棺材嗎？

不得不說房間的價錢實在是很便宜，當時只需要兩百多港幣，房間整體還可以，這個價錢其實都沒有甚麼要求。房間中有一個類似電視櫃的東西，但它是分上下格，下格擺放了杯和水，而上格是關上的。自從我們把上格打開後就開始發生怪事，房間突然湧現一股像在廁所的惡臭，我們把櫃門關上後臭味便開始減弱，之後我們再把櫃門打開，臭味又再次出現！我發現臭味不是從櫃中傳出，是整個房間都有，但上格是沒有擺放任何東西的。是這個原因價錢才那麼便宜嗎？可能是剛好有人去完廁所，水管老化的問題，但時間實在太巧合了。

在直播途中我看到一句留言，她說：「酒店直播太多了，甚麼時候戶外直播？」但其實酒店直播只是一週一次而已，我明白有些人不喜歡酒店直播，但我想說它與戶外直播是可以共存的。反正一星期七天，每天不同題材就可以把問題解決，現在要好好開始重新計劃了。在這個直播中可以看到我很累，因為當時太多工作要處理，那個時候的我經常聽到「人」聲，可能因為當人最疲倦的時候就是最容易接觸到靈界，現在都比較少聽到。

走廊中的「火柴人」

突然閃爍的燈

從何而來的臭味

有時候靈探會有一種無形的不安，這種不安與環境無關，就是甚麼都沒有發生但仍感覺到有一點不對勁。這一間酒店給我的感覺就是這種，但已經不是最強烈的感覺，有些地方是可以感覺到恐懼。Dino 在出發到走廊前突然感覺到天靈蓋疼痛，有些人說疼痛是因為靈體在附近，由於 Dino 長期處於睡眠不足的狀態，我覺得他患上陽萎的機會反而比較大。之後我們在走廊也逛了一圈，除了比較舊之外都沒有甚麼異樣，靈魂盒子回應不太清晰，到底甚麼時候才可以看到一個人形靈體呢？

在這裡也可以交代一下為甚麼現在都沒有「靈異 Staycation」直播，最簡單的原因就是因為香港大部份酒店都已經去過了，我不喜歡重

【AP 的話】
我覺得入住酒店時最難忍受就是房間有臭味，回想起幾個月前在首爾民宿，完全是來自地獄的氣味，拍攝效果是很好，但旅行絕對不能接受！

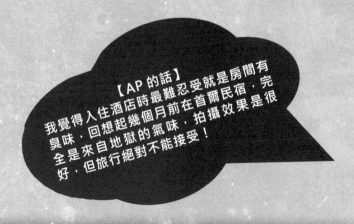

複拍攝同一個地方，而沒有趣的事我也不想再做，這個是我當時的想法。我現在反而覺得就算同一個地方，當每次都發生不一樣的事情，其實也很有趣，起碼我很懷念，每個故事我都帶著微笑去撰寫，我甚至忘記了原本發生過那麼多事。我想重啟「靈異 Staycation」直播，次數不一定跟以前一樣，但地點和形式我會盡力創新，同時也會加入海外酒店直播，求靈體們現身給我們看！！！

【天樂里的典故】

天樂里在上世紀 30 年代，曾名為「觀察角」。基於天樂里位於灣仔，全長 150 米，亦有別於一般的道路，是一條寬闊的行車道路，擁有三條行車線及一條電車線，在當時的繁忙時段，成為灣仔交通主脈。由於早年天樂里附近一帶經營殯儀業居多，棺材林立，天樂里之名亦由此起。而日治時期，天樂里亦曾經被改名為「青葉峽口」呢！

【靈異 Staycation 直播】間間酒店有鬼故 ...！？
恐怖酒店夜 ... | AP 人生 FT. @lowtechshow

3.13
輪迴

輪迴是轉世和「所有生命、物質、存在的循環性」的概念，輪迴與這裡的鬼故事不謀而合。有一天我在《恐怖在線》蒐集資料時發現，有一條精華影片是關於一間位於旺角的酒店，報料人是該酒店的一名保安，他說酒店某三層經常會發生靈異事件，情況最嚴重的是 12 樓。他曾經在 12 樓走廊中看到一位女房務員，他向她打招呼後便繼續向前走，但不夠幾分鐘他又看到這一位女房務員，然後他再打第二次招呼。走廊只有一條直路，理論上應該不會再遇到她，他之後竟然再再再一次遇到她！他感覺在這一條走廊好像走了差不多有十分鐘。是鬼打牆？還

「磁場探測機」不斷有反應

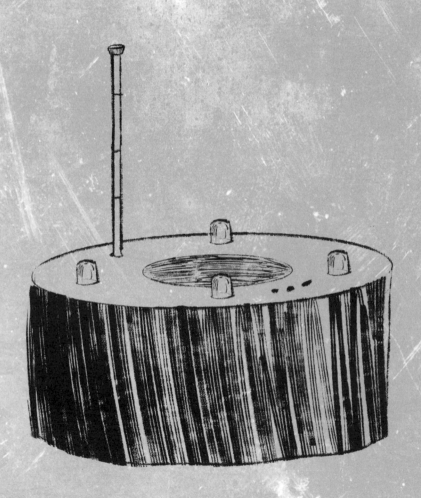

酒店走廊總是黑

是叫輪迴比較貼切？那一位房務員到底是人還是靈體？他還說在酒店大堂曾經看過身穿民初服飾的靈體，上通宵班的他經常遇到很多怪事。

平常我都會先在網上預訂房間，然後再到酒店辦理入住，但我發現很多時候我想入住的房間類型，原來都比我預訂的不同。所以這一次我選擇電話預訂，我果然成功預訂到 12 樓，跟我說的一樣。12 樓的房型是更高階的，如果網上預訂最便宜的房間就不可能入住到 12 樓。由於價錢比平常昂貴，房間質素也相對更好。這裡的浴室是我到過那麼多酒

【AP 的話】
很多人都會問的問題，我在這回答好了。「火柴人」App 就是 GhostTube SLS Camera。「狗狗頭」App 就是 Snapchat 中的濾鏡。

店中最漂亮之一，不過，恐怖的故事往往都是在漂亮的房間中發生(好像是)。當晚，直播中途也有一位自稱前職員的人說這裡裝修前的 1149 號房曾經有客人跌倒失救致死，相信事件也是被低調處理，平常我們知道的地方大家也知道，但其實地球上哪有地方沒有死過人？可能我們本身入住的房間已經很「厲害」，但故事主要是在走廊發生，那我們就出發吧！

房間內有聖經

存在於異度空間

到達走廊時，我便發現故事裡所說的十分鐘並不是鬼打牆，它真的需要十分鐘才能走完，走廊是又長又暗，「磁場探測機」反應異常強烈，但我們並沒有遇到任何人，那我們唯有回到房間繼續直播。回到房間磁場完全沒有減弱的跡象，好像有一個人嘗試跟我們溝通一樣，一開始只有一台探索機有反應，之後另一台的反應慢慢由弱變強，理論上室內的磁場應該不會動吧！

到底有甚麼影響到磁場變強呢？我們一邊問問題一邊留意磁場的變化，最高峰時期磁場機是「爆燈」，但儘管是這樣還是沒有聽到怪聲或看到靈體。科學性靈探就是這樣，以訊號和磁場作溝通的橋樑，我是比較崇尚這一種理性方式去解釋，靈異是算非精密科學，任何不能解釋的東西不代表它不存在，我認為找到平衡點是最重要。有些人可能會說為甚麼總是沒有靈體？我的答案是「有！」，只是我們看不到和拍不到，「它」以另一種方式存在於我們身邊，一起慢慢探索吧！我們總有一天會看到。

【輪迴小百科】

美國醫學博士 - 弗吉尼亞大學醫學院精神病學教授史蒂文森（Ian Stevenson）調查了世界各地 2500 多個聲稱記得前世的孩子後，出版了四卷有關研究輪迴案例的著作及《輪迴與生物學》(Reincarnation and Biology) 等著作。他研究的結論是：輪迴確實存在，人在二至五歲左右能夠回憶起前世，在五歲以後就會逐漸忘記；前世身體所受的傷害可能是胎記或先天缺陷的病因，人的喜好、行為特徵以及恐懼症等亦都可能來源於前世。

【靈異 Staycation 直播】旺角｜輪迴｜十二樓｜AP 人生 FT. @lowtechshow

3.14
靈異紅茶

小時候的我常常都會閱讀一位香港作家的靈異書籍，他的書籍很多時候都會以靈異兩字加上食物或飲品名稱作為書名，這一位作家叫「雲海」。我一開始取這個名字作為直播題目時都不確定他有沒有一本書叫《靈異紅茶》，我只是因為酒店與紅茶有關才取這個名字，但現在我已經確定是有這一本書，先行在此跟雲海說聲不好意思！借用了這個名字。

防煙門是通往房間？

這一間酒店在我小時候四處都有，長大後都好像不太常看到。我都不知道為甚麼我會來這一間酒店，可能是因為那個時候並沒有太多選擇，我沒有找到這裡的鬼故事，但我看到網上的評語大多是「爛透了的酒店」，我們在這裡直播應該也算是有特色吧（笑）？

Dino 跟我說他要在這裡過夜，因為隔天要上早班，但我到達房間時已經知道他不用在這裡睡了，因為房間真的是爛透！它是賓館而不是酒店，房間非常狹窄，我一開門時已經撞到一張椅子，可想而知這裡的環境應該不會太好。而這裡的房價是五百多元港幣，我覺得完全是開天殺價，如果不是拍攝我應該會很憤怒，房間質素根本配不上它的價錢。酒店走廊也是十分奇怪，從步出升降機的那一刻你會發現左手邊是防煙門，右手邊是後樓梯。我以為我走錯樓層，但原來把防煙門打開就可以看到通往房間的通道，連方向指示牌都沒有，完全沒有為住客著想。

爛透比靈異更可怕

言歸正傳，當我們還在準備直播前的一些東西時，「Rem Pod」突然響起！我們甚麼都沒有做過，它已經響起來。那我便馬上開始直播，我也拍到「火柴人」在旁邊，「靈魂盒子」的回答有電台也有奇怪的人聲，我翻看直播時甚至聽到有三把人聲在房間中，而當時是聽不到的，聲音的距離很接近我，我相信是一些好奇的「朋友」想了解為甚麼會有人會付這麼多錢入住一間爛透的酒店。

小「火柴人」一起玩

【AP 的話】

直播中有一些觀眾說我以前比較謙卑，現在比較自我。我在此澄清其實我從來都是這麼自我，我是因為自我才能活到現在。

一輪溝通過後都沒有得到甚麼明確的答案，但「Rem Pod」沒有想停下來的跡象，我有試過把它放到其他位置和關掉再開，但反應還是一樣，那我先當作是失靈或是酒店磁場，那真的很厲害吧！酒店還有其他很厲害的地方，就是「跳虱」！ Dino 坐在床上被咬了幾口，這裡是不能睡人的，Dino 差一點被咬爛透了。

陪玩的火柴人

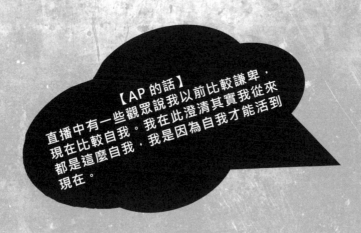

我們已經不想再留在這一間酒店，此時我們的朋友子羽在直播間說：「那去宵夜吧！」我們邀請他過來一起直播，完結後才去宵夜，由

於他剛剛下班，所以需要一點時間過來酒店，那我們決定待他來到後就出發到 Dino 的工作室繼續直播。這一次我是攜帶了一張「碟仙紙」打算試玩一些都市傳說，但酒店實在爛透了，所以改在 Dino 的工作室玩吧！碟仙只有動與不動兩個結果，如果不動就沒戲唱，而當「它」動時就可能一發不可收拾。由於我們沒有碟，所以我們把碟換成了銀幣，而我們很幸運地請到銀仙到位，雖然很多字都不能組成一句句子，但同時間也出現了很多一些關於女性的字眼，不知道這一位銀仙是不是女性呢？

基於我們在一些手指上的擺位有一些爭拗，所以我決定我負責拍而他們玩，看看會不會拍到「火柴人」跟他們一起玩。接下來的畫面令我感到異常興奮，我真的拍到一個小「火柴人」站在他們旁邊，而「它」的手是觸碰著他們，好像「它」也一起把手放在銀幣上一樣。我拍攝的位置應該沒有東西像人形，是巧合嗎？我相信不會吧！「它」是把手伸出來放到他們手上，這個畫面實在太震撼！

我聽過很多人說靈體其實都是小小的，不是一個高大的人，可能是不同的能量形態吧。這一次的「靈異 Staycation」十分成功，由爛透的酒店跳到 Dino 的工作室，我們成功與靈體溝通，意思就是我們同時間也成功地把酒店的靈體帶進他的工作室！大成功！可喜可賀！

【碟仙小知識】

碟仙，一種占卜方式，在華人世界廣為流傳。進行方式與歐美的通靈板類似。類似的占卜法還有筆仙、筷仙、銀仙、錢仙、鏡仙、手仙、守護神等。

【靈異 Staycation 直播】 靈異紅茶 | 銀仙 |
AP 人生 FT. @lowtechshow、@ 子羽

3.15 最深刻的一次

我最熟悉的香港酒店應該是這一間，我從海外回港時曾經入住過這裡一個月，整個月都沒有發生任何怪事。但原來我曾經遇過的一件超級靈異事件是在這裡發生，不翻看這個直播我也忘記了。

這一間酒店在早兩年被網民評選為「劣評酒店」中的第一名，主要是因為房間中的氣味問題，雖然在我入住時氣味問題仍然存在，但我不覺得很嚴重，可能經過兩年已有改善吧！這一間酒店的位置十分方便，它是在尖沙咀的一個大商場旁邊，我也是因為這個原因才選擇入住。而選擇在這裡拍攝「靈異 Staycation」的原因，是因為有網民說在入住時房間中的電視會無故開著，懷疑是靈體所為，十分簡單的理由。

房間中的畫好像有一張人臉

鬼食泥

入住一個月都沒有遇到怪事，可能因為我只是平常地入住，但我們入住真的會開直播，會嘗試使用不同的方法跟「它們」溝通，所以有時候會得到回應。當晚遇到甚麼事都不重要，唯獨這一件事……是我唯一一次，也是最深刻的一次。我記得當晚跟平常一樣，都是看一看房間、跟觀眾聊天、接聽觀眾電話等等……而當我跟 Dino 正在聆聽觀眾分享時，我的左耳突然好像聽到一些聲音，是一把「鬼食泥」的女聲。

靈探都需要進食

靈探都需要健康

真的是十分神奇，右耳完全沒有聽到，同時間Dino也問我：「怎麼了？有聲音嗎？」我問他也聽到嗎？他說：「對！在我身後的有東西走過。」我說不是，但卻是我們兩人中間有一把聲音。我從來沒有如此清楚地聽到靈體的聲音，竟然是發生在接聽觀眾電話的時候，我已經說過很多次甚麼時候最容易遇到靈體，就是最放鬆的時間，通常發生時都不懂害怕，因為你會搞不清楚到底發生甚麼事。

我對靈異酒店有一些看法，我認為網上很多故事都是吹噓或是自己疑神疑鬼而已，大部份事情其實都可以有一個合理解釋，如果你找不到源頭就可能真的是靈異事件了呢！我聽過無數的鬼故事，我覺得很多時候大家要先從科學及醫學方向尋求解釋和治療，不要太過胡思亂想，不要因為房中有丁點聲音就覺得奇怪，電視自己開著是很正常不過的事，因為電器經常都會故障。還有，如果覺得自己沒有運氣，亦請改變你的心態，不要事事都歸咎靈體。

最後大家請好好欣賞接下來的最後一個終極隱藏故事「汀九旁的酒店」，因為是出自 Dino 手筆！我不知道他為甚麼那麼想寫這一個故事，但我很鼓勵人嘗試和進步，那就交給他吧！

【AP 的話】
遇到是緣份，請好好珍惜！
靈體真的不是經常能與我們溝通！

【鬼之認識】

鬼，又稱鬼魂，某些文化習俗或宗教信仰的人認為鬼是生物死亡後遺留下來的靈魂。以現今的科學社會上，人類還是未能確認它的存在，但是至今仍然流傳不少鬼故事。在其他語言的翻譯上，中文的「鬼」最常被翻譯成英語的「Ghost」。日本稱為「たましい」，韓國是「유령」。馬來語、印尼語則稱之為「Hantu」。另外，邪靈、魔鬼、妖怪、吸血鬼，以及不死生物等其他在恐怖片出現的怪物，和一些宗教神話、民間傳說和都市傳說的傳說生物，也常被稱為「鬼怪」。

【靈異 Staycation 直播】傳聞電視會無故打開的酒店！？｜AP 人生 FT. @lowtechshow

3.16
汀九旁的酒店

大家好！以下的鬼故事靈異經歷，是由我 Dino 跟大家分享。點解 AP 出書會有我的分享？想知就翻到書本的序言就有解釋了。

首先，當你看到這一頁，證明這本書十分吸引，把你帶到來書本的最後一個故事！廢話不多說，現在立刻帶大家走到全香港史上最嚴重的陸上交通意外「屯門公路雙層巴士墮坡事故」的案發地點，展開我們的靈異之旅！

行入汀九橋底的山路

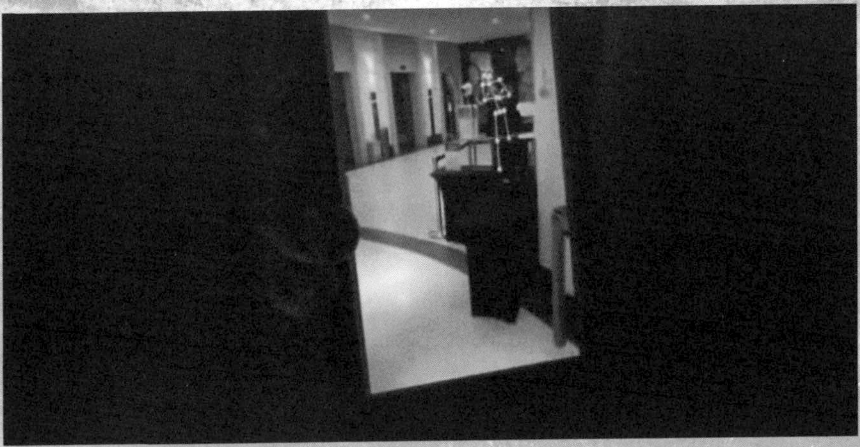

在酒店大堂捕捉到的火柴人

今次來這間酒店的目的，是要找酒店外的汀九橋事故案發地點進行探靈直播，所以並不是一個完全的靈異 Staycation，而我正正是被欺騙來的，因為起初 AP 說是在酒店直播不用外出，我才應承他來，因為小弟除了怕黑之外，還比較怕昆蟲、野狗、野豬等動物，所以戶外的靈探直播，非必要都不想出席的。但是今次既然來到，唯有硬着頭皮頂硬上！

突然被嚇退

當晚到達酒店時，入到房間發現有一種異常的怪味，臭起上來，就像一間房間很久沒有人使用過的霉味。可能因為疫情期間，入住率比較少，所以出現這種怪味也不足為奇。除了有怪味之外，房間燈光十足，空間寬敞，相信在這裡睡一晚，應該也不會發生任何怪事吧！心裡正正

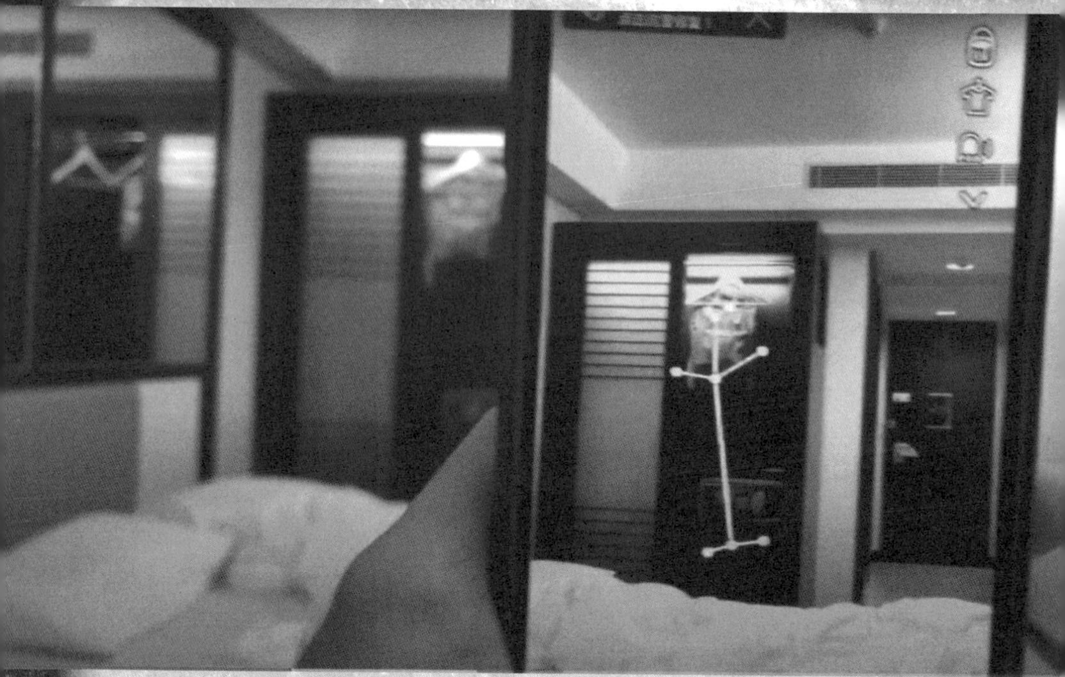

看到背囊旁邊有火柴人在推動

是這樣想着！但是靈體永遠就是喜歡出現在你沒有預計和防備之下，嚇你一個措手不及……

對於酒店的描述，暫時到這裡，現在立即外出尋找汀九橋底的案發地點。我們首先根據觀眾的線報，在戶外尋找了約一小時，終於找到往橋底的正確方向，心情既期待又緊張。我們沿着山邊一路行，當中夾雜着一些狗吠聲，恐懼的心理壓力，也隨着我們的步伐，逐漸增大。正當我們戰戰兢兢地步行約大概一兩分鐘之後，背後突然傳來一把年老女人的聲音：「你們上來做咩」，當時真是嚇了我一跳，原來是在山邊旁小屋的居民。根據當時溝通，她說我們行錯路了，不應該行到這裡，叫我們回去！而且更表示，若果再停留的話會報警！既然這樣我們也只能夠沿路折返。雖然最後我們因為被阻攔而去不到案發地點進行靈探，但當下心情其實輕鬆了，因為我真的很害怕入深山橋底，現在計劃告吹了，終於放下心頭大石！

會郁動的背囊

但是說到這裡，靈異部份就在這時開始……我們回到酒店，在酒店內進行不同的靈探實測，使用過火柴人 App 等工具，看看能否找到「朋友仔」的蹤跡，但是經過測試房間異常乾淨，甚麼也測試不到，心想着：「我們兩個男人陽氣十足，就算有鬼都不敢出來吧！」於是我們走出房間看看走廊，用火柴人 App 再看看會有甚麼發現。不過可惜，又是甚麼也沒有發生。我只好懷着失望的心情回到房間，卻發現房間開不到，就算用房匙卡抽插多次，也開不到，於是我們嘗試用另類的方法，試着「敲門」、說「打攪了」、說「對不起」、說「芝麻開門」也沒有用，匙卡突然之間壞了，明明剛才回來的時候還沒有壞，最後唯有請酒店職員為我們開門。直播亦都在這裡完結，大家如果想重溫也可以掃描 QR Code 重溫直播！

當我們直播完結之後，我和 AP 輪流沖涼，準備睡覺，我突然發現我掛在衣櫃的背囊，不停輕微地搖晃。初初想着，應該是我沖涼前曾經在背囊裡拿東西，令它不平衡導致的擺動，因此也不以為意。可知道 AP 沖完涼出來，應該最少也過了三十分鐘，但發現背囊仍然不停地搖晃，而且看不到它有減速的跡象，就覺得很奇怪，於是我們用火柴人 App 向衣櫃位置拍照，竟然發現衣櫃有個小火柴人在旁邊，看來很像有位小孩子在推動背囊玩耍似的，畫面讓我感到一陣心寒……

事後，經過高靈人士的證實和靈探專家的分析，確實是有位小孩子在玩弄我的背包，大家亦可以到直播重溫片段。

【Dino 的話】

看看一個突發交通意外能奪走那麼多條生命，人生無常，我們永遠也不知道自己何時離開人世，亦都不知道你的親朋戚友何時離開。人生沒有多少個十年，不要讓失去才懂得珍惜。寄語大家及時去愛，不要讓自己後悔！

另外還呼籲各位司機們尊重生命，尤其是尊重別人的生命！做一個負責任的司機，不要因為你的失誤和大意，令其他無辜的家庭帶來無法挽救的痛苦。

【屯門公路雙層巴士墮坡事故】

2003 年 7 月 10 日，一輛載有 40 名乘客的 265M 線雙層巴士頭班車，於早上 6 時半左右，駛至屯門公路 - 汀九段橋面，在快線遇到一輛客貨車突然切入中線，迫使當時在中線的一輛貨櫃拖架轉入慢線閃避，繼而撞向正在慢線行駛的雙層九巴。全車衝前直插飛墮 35 米下的汀九村山坡翻側。墮坡後，巴士嚴重損毀，玻璃碎片及雜物四散現場，多名乘客被拋出車外或被壓在巴士殘骸之下。目擊的汀九村村民形容現場情況「似空難多於車禍」，巴士司機和 18 名乘客當場死亡，及後公佈有 21 人死亡、20 人受傷，成為香港最嚴重的巴士意外事故。

【靈異 Staycation 直播】探索汀九橋底巴士意外墮橋位置 ... 竟懷疑誤闖結界！！？| AP 人生 FT. @lowtechshow

新開始

撰寫上一本書的時候我還是大概是六到七萬訂閱，而現在的我，已經達到十萬訂閱。數字代表著每一個人和每一份支持，三年多的時間，因為有每一位觀眾的支持，我才可以繼續這樣任性地創作。

但我從不自滿，大概在八萬多訂閱的時候，我已經很少查看訂閱人數，因為十萬訂閱已經滿足不到我。由零開始的目標是十萬，現在的新目標是一百萬，但可能八十多萬時我又會將目標提升到一千萬（笑）。

謝謝每一位觀眾和朋友的支持！無論是新觀眾還是舊觀眾，未來繼續多多指教。雖然我和我的頻道每天都在轉變，有時候如果不是靈異題材可能會有人不喜歡，不過我不為他人而活，不喜歡我也沒關係。

世界上沒有一個任何人都會喜歡的人，我現在是想創作一些我喜歡的東西然後再分享給大家，希望大家可以接受更多元化的我。由香港到海外，讓我們往後一起經歷更多吧！

繼續創作更多無限的可能性，謝謝大家。

AP 人生

火柴頭工作室
MATCH MEDIA Ltd.

匯聚光芒，燃點夢想！

《AP 一人靈探團 2 · 靈異 Staycation》

系　　列：靈異 / 生活百科
作　　者：AP
出 版 人：Raymond
責任編輯：歐陽有男
封面設計：AiaF
內文設計：AiaF
封面及內文插圖：油鬼
出　　版：火柴頭工作室有限公司 Match Media Ltd.
電　　郵：info @ matchmediahk.com
發　　行：泛華發行代理有限公司
　　　　　九龍將軍澳工業邨駿昌街 7 號 2 樓
承　　印：新藝域印刷製作有限公司
　　　　　香港柴灣吉勝街 45 號勝景工業大廈 4 字樓 A 室
出版日期：2023 年 7 月初版
定　　價：HK$ 128
國際書號：978-988-76941-2-0
建議上架：潮流讀物 / 生活百科

火柴頭工作室
MATCH MEDIA Ltd.